Joseph Conrad

La linea d'ombra

47822 Santarcangelo di Romagna (RN)

Finito di stampare nel mese di marzo 2009
presso Puntoweb srl, Ariccia (Roma)

Sommario

Joseph Conrad

LA LINEA D'OMBRA

Biografia

Fra i massimi autori a cavallo tra Otto e Novecento, Joseph Conrad è forse quello che ha saputo meglio e più acutamente percepire il significato profondo della crisi d'identità vissuta dall'uomo alle soglie dell'epoca moderna, e anticipare alcuni fra i più drammatici problemi attraverso cui la società novecentesca sarebbe passata maturando le sue contraddizioni. I temi da lui trattati erano tutti volti a trovare un senso dell'esistenza in un tempo in cui i valori tradizionali perdevano il loro carattere assoluto, quel carattere che pareva avessero avuto da sempre e fino ad allora. Egli s'interrogò costantemente, non tanto o solo sul destino dell'uomo, ma anche sui crocevia che la vita gli pone davanti. Se in essa vi sono "momenti della verità", come sempre ve ne sono, qual è la sorte del codice morale di comportamento se questo ha perduto significato e valore? Qual è la sorte dell'"individuo" di fronte alla nascente "massa", di fronte alle istanze delle ideologie e della storia? Uomo e società paiono una dicotomia inconciliabile, come quella tra poesia e storia. Conrad mostra di credere in un codice dell'uomo soltanto. Il progresso sociale, il pensiero politico, così come il colonialismo o la rivoluzione, sono forse dimensioni ineluttabili, possono trovare delle loro giustificazioni e motivazioni ideali, ma sono destinate a tradire sempre l'essenza dell'uomo.

Fu naturale per Conrad, che per lunghi anni avventurosi era stato marinaio, situare nel mare la più parte delle storie raccontate. E il mare è sempre e comunque presente nei suoi libri, anche nei cosiddetti "romanzi occidentali", di vocazione più politico-psicologico-antisociale, come *Nostromo, L'agente segreto* e *Sotto gli occhi dell'Occidente*; mentre in *Cuore di tenebra* l'elemento acqueo è costituito da un grande fiume che come un serpente mostruoso s'inoltra nel cuore dell'Africa, portando, dal mare, gli effetti tragici dello sfruttamento dell'uomo sull'uomo. (Si ricorderà la trasposizione cinematografica, in chiave moderna e vietnamita, di questo racconto: *Apocalypse Now*). La vita sul mare, peraltro, è quella che più di altre pone l'uomo davanti alle sue responsabilità e al suo destino, fisico e morale. Sulla nave, ogni oggetto, attrezzo e strumento, ogni porzione di vela, ogni manovra, hanno un loro nome e una loro funzione. È il più antiretorico e antiideologico dei luoghi, dove le parole corrispondono davvero alle cose. Può andarne di mezzo la vita. E gli atti che vi si compiono sono necessari, essenziali, e l'eseguirli o no sarà un fatto di coscienza e competenza, di disciplina ed esattezza di comando, di coraggio o di codardia.

Jozef Teodor Konrad Nalecz Korzeniowski, che in forma inglese prenderà poi il nome di Joseph Conrad, nacque il 3 dicembre 1857 nella tenuta agricola di Derebeczynka (presso Berdicev), in Ucraina, in un territorio che era stato polacco ed ora apparteneva alla Piccola Russia.

Il padre, Apollo Korzeniowski, che discendeva da una decaduta famiglia di proprietari terrieri, nutriva forti sentimenti patriottici ed era un uomo di lettere. Quando nel 1861 venne arrestato e condannato all'esilio, la moglie, Evelina Bobrowska, lo seguì col piccolo Jozef, prima a Vologda, nella Russia settentrionale, e successivamente a Cernigov, nell'Ucraina settentrionale. Per loro dovettero essere condizioni dure e penose, perché nel 1865, quando Jozef non aveva neppure otto anni, la povera Evelina morì per le prove subite e gli stenti. Per un anno, il piccolo fu assegnato allo zio materno, Tadeusz Bobrowski, poi, avendo il padre ottenuto la libertà condizionata, si ricongiunse a lui a Cracovia, dove però, non molto dopo, nel 1869, il padre morì. Jozef poté contare sull'aiuto affettuoso dei parenti e soprattutto dello zio.

Quei suoi anni giovanili, percorsi da studi poco sistematici, gli consentirono però di rinsaldare una precoce passione per la vita marinara. Leggeva *I lavoratori del mare* di Hugo, che suo padre aveva tradotto, e le avventure del capitano Marryat e di Cooper. A diciassette anni, nel 1874, Jozef convinse lo zio a lasciarlo andare, e si recò a Marsiglia, dove s'imbarcò su un piccolo veliero francese, il "Mont-Blanc", sul quale fece le sue prime esperienze di marinaio compiendo viaggi fino alla Martinica. L'anno dopo tornò ancora alle Antille, questa volta sul brigantino "Saint-Antoine", con cui arrivò fino in Colombia e in Venezuela. Fu su quella nave che, tra gli ufficiali, conobbe quel Dominique Cervoni che gli fornirà spunto per diversi personaggi futuri, tra cui *Nostromo*. Dopo aver partecipato con Cervoni ed altri a un contrabbando d'armi tra Francia e Spagna (c'era allora la guerra carlista), Conrad trascorse un periodo piuttosto burrascoso a Marsiglia. Fece vita bohemienne, perse la testa per una donna, contrasse debiti di gioco, che fortunatamente lo zio Tadeusz pagò, finché riuscì a imbarcarsi su una nave inglese che andava a Istambul, poi nel Mar d'Azov e quindi in Inghilterra.

Arruolatosi felicemente nella sua prediletta marina mercantile inglese, s'imbarcò sul "Duke of Sutherland", un veliero veloce per il trasporto delle lane con cui fece il viaggio a Sydney, via Capo di Buona Speranza, e ritorno, via Capo Horn, la rotta che incute un timore reverenziale su tutti i marinai. Poi navigò su un piroscafo che faceva scalo tra i porti del Mediterraneo. Superato l'esame per la patente marittima di primo grado, fece il terzo ufficiale su un veliero per Sydney, poi il secondo ufficiale su una "carretta" diretta a Bangkok, la quale s'incendiò prima di arrivare a destinazione. Tornato in Inghilterra, dopo una breve vacanza con lo zio, s'imbarcò sul "Riversdale" diretto a Madras ma, nella sosta in un porto indiano, lasciò la nave per dissapori col capitano, e a Bombay fu ingaggiato sul "Narcissus", che dopo molte tratte arrivò a Dunkerque dopo sei mesi di viaggio (il viaggio da cui ha origine l'idea per il futuro libro *Il negro del Naraso*. Ottenuto il brevetto di primo ufficiale, navigò a Singapore, poi a Calcutta e tornò in Inghilterra per una circostanza molto importante: il conferimento della cittadinanza inglese. Era il 1886, che segnò anche l'inizio di una sua vocazione, non ancora indirizzata, di scrittore.

Non era però ancora la fine della sua carriera di marinaio, perché nell' '87 fu primo ufficiale su un veliero che viaggiava fra Amsterdam e l'isola di Giava. A causa di un banale incidente, fu costretto a sbarcare e a farsi ricoverare a Singapore, finché, ristabilito, navigò su un piccolo piroscafo "Vidar", compiendovi come primo uffficiale diversi viaggi sgangherati e fascinosi, fra Singapore, le isole Celebes e il Borneo: quel periodo nella Malesia costituirà un patrimonio della fantasia e della memoria per il futuro scrittore, e sarà di ispirazione per diversi racconti e per *Lord Jim*. Fu poi nell' '88, mentre si trovava in sosta alla Casa del Marinaio, a Singapore, che gli venne offerto il primo comando, sul brigantino a pelo (veliero con due alberi a vele quadre e un terzo a vele trapezoidali) "Otago" (la nave descritta in *La linea d'ombra*), con cui per oltre un anno compì viaggi in Australia, nelle isole Mauritius, nello stretto di Torres. Tornato a Londra gli venne offerta la possibilità di realizzare un altro suo sogno covato fin dall'infanzia, quello di comandare un piroscafo fluviale. Partì dunque per il Congo Belga e là visse l'esperienza che sarebbe stata trasposta in *Cuore di tenebra*. Ma contrasse anche una malattia tropicale, da cui fece fatica a rimettersi. A Londra, una volta guarito, fu costretto a languire annoiato, fece per qualche tempo il direttore di un magazzino sul Tamigi, finché ebbe la possibilità d'imbarcarsi sul velocissimo clipper "Torrens" per i due suoi ultimi viaggi.

Nel 1894, a Rouen, mentre era in attesa di un ingaggio per il Canada, il capitano Korzeniowsh, dopo vent'anni di vita sul mare, e senza avvedersi ancora che quello sarebbe stato il principio del suo destino di scrittore, scrisse quasi di getto *La follia di Almayer* e lo mandò all'editore Fisher Unwin, il quale lo pubblicò nel '95. Un anno dopo uscì *Un reietto delle isole*: egli si sentiva nella pienezza della vita e della creatività, e si sposò. Sposò, a quarantanove anni, una ragazza di ventidue, Jessie George, figlia di un libraio, e tutto pareva quadrare. Ma anche l'inizio di quella sua terza fase della vita fu assai difficoltoso. All'apprezzamento da parte di critici e colleghi non corrispondeva una pari accoglienza da parte del pubblico. La sua lingua era dura e aspra, la narrazione non era mai suadente con il lettore, comportava anzi lo sforzo di seguire il racconto dentro il racconto, come per vedere i diversi punti di vista della storia. Neppure *Nostromo*, che egli considerava il suo romanzo più impegnativo, gli portò tranquillità economica. La famiglia cresceva, nacque Borys, poi il secondo figlio John Alexander, e solo un sussidio concesso dal governo inglese gli consentì di tirare il respiro. Per una decina d'anni, fino al 1914, visse abbastanza isolato e ritirato, fnché, proprio allora che altre nubi s'addensavano sulle sorti stesse dell'Europa, l'agiatezza gli venne dalla pubblicazione dei suoi libri in America. Mentre era sulla via del ritorno da un viaggio in Polonia, corse il rischio di essere internato con tutta la sua famiglia. Dopo la guerra volle compiere un viaggio con la moglie e i figli in Corsica, allo scopo di documentarsi per il suo romanzo "mediterraneo" *Suspense*. Compì un'ultima traversata atlantica nel '23 per recarsi negli Stati Uniti. Morì il 3 agosto 1924 nella sua casa nel Kent.

L'opera

È un breve romanzo di formazione, scritto da Conrad nel 1917.

Rievoca a trent'anni di distanza l'esperienza dello scrittore come capitano nella marina mercantile britannica ed è dedicato al figlio che combatté durante la prima guerra mondiale.

La passione per il mare e gli ambienti esotici è dominante, come il tema della *linea d'ombra*, cioè quel sottile e sfumato confine che divide la giovinezza e la maturità di un individuo.

È la storia di un giovane chiamato a comandare una nave perché il suo capitano è morto. Egli deve condurre la nave in un porto dell'Oceano Indiano ma la traversata nasconderà molte insidie e pericoli. Il viaggio diventa l'allegoria di un viaggio interiore che il giovane capitano intraprende con se stesso: tutte le sue insicurezze, i sensi di colpa e le paure vengono superate con il coraggio e la volontà di non arrendersi alla propria morte e a quella degli altri. Il capitano infatti è responsabile non solo della propria vita, ma anche di quella degli altri marinai: lavorando e lottando con loro, riuscirà ad arrivare alla meta.

Il mare è sempre piatto, drammaticamente calmo e apatico come i membri della nave: è forse allusione ad un desiderio inconscio di inattività, di arrendevolezza agli eventi della vita. Solo una tempesta riuscirà a sconvolgere il mare e allo stesso tempo gli uomini della nave. Nel pericolo e nella paura, il capitano e i suoi uomini troveranno il coraggio di affrontare insieme le difficoltà e di superare l'ostacolo.

Oltrepassata apparentemente la *linea d'ombra*, il capitano avrà anche la certezza che in fondo non si finisce mai di affrontare il proprio io con le sue debolezze e insicurezze ma si può solo imparare a convivere con esse.

LA LINEA D'OMBRA

CAPITOLO I

Solo i giovani hanno di questi momenti. Non i molto giovani. No. Propriamente parlando, i molto giovani non hanno momento alcuno. È privilegio della primissima giovinezza vivere la propria vita in anticipo, nella magnifica continuità della speranza che non conosce né pause né introspezione.

Si chiude dietro di sé il cancelletto della prima infanzia, e – si entra nel giardino incantato. Ivi anche le ombre rifulgono di promesse. Ogni svolta del sentiero ha una sua propria seduzione. Si sa benissimo che per questa stessa via è passata tutta l'umanità. Ma si spera di trovare nell'esperienza universale sensazioni insolite e personali – una briciola di se stessi; ed è ciò che affascina.

Si esplora, curiosi, avidi, il paese dei predecessori, accettando con animo uguale la sorte propizia e quella avversa – i calci e i danari, come dice il proverbio – la pittoresca moltitudine dei casi che elargiscono tante possibilità ai meritevoli o, forse soltanto ai fortunati. Sì. E così si va avanti, si passa – finché si scorge innanzi a sé una linea di ombra, ammonente che presto bisognerà lasciar dietro di sé anche la regione della prima giovinezza.

È appunto in tale periodo della vita che i momenti di cui ho parlato sono più soliti a prodursi. Quali momenti? Quelli d'insofferenza, di stanchezza, di scoramento. Momenti pericolosi, nei quali, in quanto essendo tuttavia giovani, si commettono atti inconsulti: ci si sposa, o si manda a monte, senza nessuna ragione, un impiego o una carriera.

Nel caso presente non si tratta di matrimonio. Per fortuna non sono arrivato a questo punto. Il mio atto, per quanto inconsulto, somigliava molto più a un divorzio – anzi, a una diserzione. Senza nessuna ragione plausibile avevo abbandonato il posto, piantato l'ancoraggio, lasciato la nave, cui altro non potevo rimproverare se non ch'essa procedeva a forza di vapore, e perciò non era forse meritevole della cieca lealtà che… Ma no, inutile mascherare ciò che fin d'allora sospettavo non essere altro che un capriccio.

Ero allora in un porto dell'Oriente. Anche la nave era orientale, in quanto apparteneva a quel porto. Trafficava tra isolotti neri, in un mare azzurro cosparso di scogli, con l'Insegna Rossa sul coronamento di poppa, e con la «bandiera di casa», pure rossa, ma con orlo verde e mezzaluna, in cima all'albero. Poiché l'armatore era un arabo, anzi un Seyd; di qui l'orlo verde della bandiera. Era alla testa d'una grande casa commerciale araba dello Stretto, ma anche leale suddito del complesso Impero Britannico, per quanto è possibile esserlo a oriente del Canale di Suez. Nessun avvenimento politico poteva turbarlo; però esercitava un grande potere occulto sulla gente della sua razza.

A noi poco importava a chi la nave appartenesse. L'arabo aveva bisogno di bianchi per i suoi affari marittimi, e molti di questi l'avevano servito senza mai vederlo. Io l'ho visto una sola volta, per mero caso, su una gettata – un vecchio nero, piccolo, guercio, con una nivea tunica, e pantofole gialle. Una banda di pellegrini malesi che egli aveva favoriti con cibi e denari, gli baciavano avidamente la mano. Pare che fosse molto largo nelle sue elemosine, tanto che queste s'estendevano su quasi tutto l'Arcipelago. Poiché è stato scritto che «l'uomo caritatevole è l'amico di Allah».

Ottimo (e pittoresco) armatore, pel quale non c'era bisogno di angustiarsi l'animo; e anche più ottima nave scozzese – e dalla chiglia in su – facile a tener pulita, praticissima e, se non fosse stata a propulsione interna, degna dell'amore d'un uomo, tanto che ancor oggi sento di serbar un profondo rispetto alla sua memoria. Insomma, sia pel genere del traffico, sia pel carattere dei miei compagni di bordo, non avrei potuto essere più felice nemmeno se vita e uomini fossero stati creati in base a un mio ordine da un mago benigno.

E un bel giorno, improvvisamente, ho abbandonato tutto; allo stesso modo, per noi così incomprensibile, che un uccello s'invola da un comodo ramoscello. Era come se, pur senza rendermene conto, avessi udito un bisbiglio o visto qualcosa. Chissà, potrebbe anche darsi. Ero sempre stato felice di quella mia esistenza, ma d'un tratto tutto svanì: fascino, aroma, interesse, soddisfazione – tutto. Il verde affanno della tarda giovinezza calò su di me e mi portò via. Cioè via da quella nave.

Eravamo solo quattro bianchi a bordo, con un grande equipaggio di calasci, e con due nostromi malesi. Il capitano mi guardò fisso, come domandandosi che cosa mi pigliasse. Ma era anzitutto marinaio; inoltre anche lui era stato giovane una volta. Presto un sorriso fece capolino sotto ai suoi baffoni color grigioferro, e m'osservò che, naturalmente, se volevo andarmene, non poteva trattenermi con la forza. Fu convenuto che la mattina dopo mi avrebbe liquidato.

Come fui per uscire dalla saletta nautica, egli m'augurò, in un tono particolarmente malizioso, di trovar ciò che tanto mi premeva di trovare. Poche parole appena appena ironiche, che incisero assai più profondamente di qualsiasi arnese adamantino. Credo che abbia compreso il mio caso.

Ma il secondo macchinista m'attaccò diversamente. Era uno scozzese giovane, tarchiato, con una faccia liscia liscia e occhi chiarissimi. La sua onesta, rubiconda fisionomia, sbucò dalla sala delle macchine; poi seguì l'omone intero, nerboruto, con maniche di camicia rimboccate, che si fregava lentamente i massicci avambracci con uno straccio. I suoi occhi chiarissimi espressero una grande amarezza, come se la nostra amicizia fosse stata d'un subito ridotta in cenere. E mi disse, scandendo le parole:

– Oh! Ahi! Ci pensavo appunto: è ora che anche tu te ne vada a casa per impalmare una stupida donzella.

Tutti sapevano nel porto che John Nieven era un fiero misogino. Compresi dunque ch'egli voleva essere sferzante – molto sferzante – ch'egli aveva voluto dirmi qualcosa di addirittura schiacciante. Soltanto un vero amico può adirarsi così. La cresta mi si abbassò alquanto.

Anche il nostro capo macchinista giudicò il mio atto secondo un suo proprio punto di vista, ma con uno spirito alquanto più gentile.

Era pure giovane, ma molto magro e con una gran massa di barba fulva attorno al viso trasognato. Sia in alto mare, sia in porto, lo si vedeva sempre camminar frettoloso su e giù per il cassero di poppa, con un'espressione rapita, intensamente spirituale, generata dalla perpetua coscienza di sgradevoli sensazioni fisiche nella sua «economia interna». Poiché era un dispeptico impenitente. Per lui il mio caso era molto semplice: dovevo aver il fegato malato. Naturalmente! Mi consigliò di fermarmi a bordo per un'altra crociera, e di curarmi intanto con una certa medicina portentosa, di cui aveva assoluta fiducia.

– Sai che cosa farò? Te ne darò un paio di bottiglie. Te le comprerò io. Più di così non posso fare, vero?

Credo che avrebbe perpetrato tale atrocità (o generosità) al più piccolo segno di debolezza da parte mia. Ma quella volta ero più scontento, più disgustato, più imputato che mai. Gli ultimi diciotto mesi, così pieni di esperienze nuove e svariate mi apparivano brulli, vuoti: tutto tempo sciupato. Sentivo – come dire? – che nulla di vero poteva esserne ricavato.

Che cosa poi intendessi per vero, mi sarebbe stato assai difficile spiegare. Forse, se incalzato, sarei scoppiato a piangere. Ero ancora abbastanza giovane per questo.

L'indomani il capitano e io sbrigammo la nostra faccenda nella capitaneria del porto. Era un'ampia, alta, fresca, bianca sala, in cui il giorno mitigato riluceva serenamente. Tutti, in essa, funzionari e pubblico, erano biancovestiti. Soltanto i pesanti tavoli verniciati brillavano scuri lungo un passaggio centrale, e solo alcune carte, su di essi, erano azzurre. Enormi ventilatori rinfrescavano soavemente quell'ambiente immacolato, e i nostri visi madidi di sudore.

Dietro il tavolo cui ci eravamo avvicinati, un funzionario sorrise cordialmente e conservò quel sorriso finché, alla sua domanda casuale: «Rinnovare l'imbarco?», il mio capitano ebbe risposto: «No, rescindere il contratto». Allora il sorriso svanì, soppiantato da un'improvvisa aria solenne. Tornò a guardarmi solo nel porgermi le carte, e con una profonda espressione di cordoglio, come se mi avesse dato il passaporto per l'Ade.

Mentre riponevo quelle carte, l'udii mormorare qualcosa al capitano, e questi rispondergli di buon umore:

– No. Ci lascia per tornarsene a casa.

– Oh! – fece l'altro, annuendo tetralmente sulla mia triste condizione.

Non lo avevo mai incontrato fuori dell'ufficio; tuttavia si chinò sopra il tavolo per stringermi la mano, press'a poco come la si stringerebbe a un povero diavolo incamminato verso la forca; e temo d'aver assolto la mia parte nel modo sgraziato d'un delinquente impenitente.

Prima di tre o quattro giorni, nessuna nave era prevista per salpare verso casa. Essendo ora fuori quadro, un semplice passeggero, poiché, almeno per qualche tempo, avevo rotto ogni rapporto col mare, sarebbe stato più naturale scendere in un albergo. Ce n'era appunto uno a una sassata dalla Capitaneria; un agglomerato bianco con certi padiglioni a colonne bianche, circondati da minuscoli tappeti erbosi, che gli davano un aspetto sontuoso. Là dentro mi sarei sentito veramente passeggero. Gli gettai uno sguardo ostile, e volsi il passo verso la «Casa dell'Ufficiale e del Marinaio».

Camminai un po', al sole, incurante dell'arsura, un po' all'ombra dei grandi alberi dell'Esplanade (corso in riva al mare), senza apprezzarne la frescura. La caldura dell'Oriente tropicale calava tra i rami fronzuti, avvolgeva il mio corpo coperto di vesti leggere, serrandosi contro il mio spirito scontento e ribelle, come per derubarlo della sua libertà.

La «Casa dell'Ufficiale» era un gran bungalow, con un'ampia veranda e, tra questa e la strada, un giardinetto di cespugli e di pochi alberi, dall'aspetto singolarmente suburbano. Dentro somigliava molto a un club coloniale, con in più un leggero sapore governativo che le derivava dal fatto di essere amministrata dalla Capitaneria del porto. Il direttore si chiamava ufficialmente capo maggiordomo. Era un infelice ometto striminzito che solo in un costume di jockey avrebbe potuto apparire pressapoco decente. Tuttavia si sentiva che in una qualsiasi epoca della sua vita, in una qualità o nell'altra, doveva aver avuto rapporti col mare. Probabilmente nella molto comprensibile qualità di inetto.

La sua attività attuale mi sembrava molto facile, ma egli, per una ragione o per l'altra, soleva asserire che quell'impiego sarebbe stato la sua rovina. Era alquanto misterioso. Probabilmente, per cause da ricercare nella sua natura stessa, ogni cosa doveva riuscirgli soverchiamente fastidiosa. Certo si è che la presenza di stranieri in quella casa, lo faceva soffrire.

Entrandovi, ritenevo che la mia presenza gli avrebbe fatto piacere. Vi regnava un silenzio sepolcrale. Nessuno nelle sale; e anche la veranda era vuota, eccettuato un individuo appisolato, supino, in fondo, su una sedia a sdraio. Questi, al rumore del mio passo, spalancò un orribile occhio di pesce. Non lo conoscevo. Mi ritirai e, traversata la sala da pranzo – un locale molto nudo, con una punkah penzolante immobile sopra la tavola centrale – andai a bussare a un uscio, sul quale si leggeva in caratteri neri «Capo Maggiordomo».

Udendo, in risposta, una voce gemere in tono esasperato: «O Dio, Dio, che c'è di nuovo?» entrai senz'altro.

Per essere nei tropici, quella stanza era assai strana: stipata di oggetti d'ogni sorta, su cui si diffondeva una luce crepuscolare. L'uomo aveva appeso delle ampie, polverose tendine di pizzo a buon mercato alle finestre che erano chiuse; sulla parete spiccava un cappello enorme; alte pile di scatole, come quelle delle mercerie e sartorie europee, s'ergevano negli angoli; e attorno un mobilio che poteva provenire da un rispettabile salotto dell'East End di Londra – un divano imbottito di crine, e poltrone dello stesso stampo. Guardai gli schienali unti bisunti di quell'orribile arredo che sgomentava in quanto non era possibile immaginare quale misterioso accidente o bisogno o fantasia lo avesse condotto in quel luogo.

Intanto il proprietario, che s'era tolto la giacca, s'aggirava in maglietta a mezze maniche e in calzoni bianchi, dietro gli alti schienali, fregandosi i gomiti aguzzi.

Un'esclamazione di spavento gli sfuggì, quando apprese che intendevo fermarmi, ma non poté negare che in quel momento vi erano molte stanze disponibili.

– Benissimo, potete darmi quella che ho già occupato?

Emise un fievole lamento dietro le scatole ammonticchiate sul tavolo, e che avrebbero potuto contenere indifferentemente dei guanti, dei fazzoletti o delle cravatte. Chissà perché le teneva? C'era in quella tana un odore di corallo putrido, di polvere orientale, di esemplari zoologici. Di lui potevo veder soltanto la cima del capo e gli occhietti infelici, alzati su di me al di sopra di quella specie di barriera.

– Soltanto per un paio di giorni – gli dissi per rincorarlo.

– Non preferireste pagar in anticipo? – mi chiese con palese orgasmo.

– Neanche per sogno, – scoppiai, appena potei pronunciare una parola. – Non ho mai sentito una cosa simile! Questo è un vero insulto...

Egli si premé il capo con ambo le mani, in un gesto di disperazione tale da frenar di colpo il mio sdegno.

– Per carità! Per carità! Non prendetevela così. Lo domando a tutti.

– Non lo credo.

– Vedrete che d'ora innanzi lo domanderò a tutti. E se voi signori accettaste di pagare in anticipo, potrei farmi pagare anche da Hamilton. Sbarca sempre senza un soldo in tasca, e anche quando ne ha, non vuol mai pagarmi il conto. Si mette a bestemmiare, e mi dice che non posso buttar sul lastrico un bianco. Sicché, se soltanto voleste...

Rimasi sorpreso, ma non convinto. Subodoravo qualche trucco. Gli dissi, con marcata enfasi, che tanto lui quanto Hamilton potevano andar sulla forca, e gli chiesi di condurmi alla mia camera senz'altre balordaggini. Trasse una chiave da un qualche recondito ripostiglio, e, passandomi dinanzi nell'uscire dalla sua tana, mi gettò una torva occhiata.

– C'è qualcuno che conosco? – gli chiesi prima che uscisse dalla mia camera.

Nel suo solito tono dolente, infastidito, mi disse che c'era il capitano Giles, di ritorno da una «gita» nel Mar Solo, e altri due ospiti di passaggio. Poi, dopo una pausa, soggiunse:

– E, naturalmente, Hamilton.

– Ah già, Hamilton – diss'io, e quella misera creatura s'allontanò con un ultimo lamento.

Il suo malumore non gli era ancora passato, quando entrai nella sala da pranzo, all'ora della colazione. Era là, intento a presiedere il servizio di due camerieri cinesi. Solo un capo della lunga tavola era apparecchiato, e la *punkah*[1] agitava pigramente l'aria torrida – soprattutto a beneficio della superficie di legno verniciato.

Eravamo in quattro attorno alla tovaglia. Uno di questi era lo sconosciuto che avevo trovato appisolato sulla sedia a sdraio. Ora entrambi gli occhi erano quasi aperti, ma sembrava che non vedessero nulla, tanto erano ebeti. La dignitosa persona che gli sedeva di fianco, col viso ornato da brevi basette, era, naturalmente, Hamilton. Non ho mai visto nessuno che mostrasse tanta dignità nel vivere la vita che la Provvidenza si era dilettata di procurargli. Già sapevo ch'egli mi considerava come un intruso. Infatti, non solo non alzò gli occhi, ma nemmeno batté ciglio al rumore che feci nel sedermi.

A capotavola sedeva il capitano Giles. Scambiai con questi alcune parole di saluto, e mi sedetti alla sua sinistra. Tozzo e pallido, con un gran cranio calvo e lucido e prominenti occhi castani, sembrava qualunque cosa tranne un marinaio. Nessuno si sarebbe sorpreso apprendendo ch'egli fosse un architetto. A me, per quanto cosciente dell'assurdità di tale impressione, sembrava un sagrestano. Aveva l'aspetto d'una di quelle persone da cui ci si attende parole di profonda saggezza, spiranti sentimenti nobilissimi con, forse, ogni tanto, qualche scipitaggine; e dette non per far colpo, ma per onesta convinzione.

Sebbene molto conosciuto e stimato nel mondo marinaro, egli non aveva un impiego regolare. Probabilmente perché non ne desiderava. Aveva una sua propria posizione: era un perito. Perito in – come dire? – navigazione difficile. Si supponeva che conoscesse l'Arcipelago meglio di qualsiasi uomo vivente, cioè anche nelle sue parti più remote, anche in quelle più imperfettamente segnate sulle carte. Il suo cervello doveva essere zeppo come un museo di fondali rocciosi, di «punti», di posizioni, di sagome di promontori, di profili di coste oscure, di aspetti d'innumerevoli isolotti deserti o non deserti. Così quando, per esempio, una nave salpava alla volta di Palawan o comunque metteva la prua verso quelle parti, prendeva regolarmente il capitano Giles a bordo, sia in comando temporaneo, sia per «assistere il padrone». Si diceva che percepisse uno stipendio fisso da una grande ditta cinese, proprietaria di molti vapori, appunto per tali servigi. Inoltre era sempre disposto a sostituire qualsiasi ufficiale che volesse

[1] Specie di ventaglio appeso al soffitto e messo in moto per mezzo di una corda.

riprendere un po' di fiato a terra. Nessun capitano si era mai opposto a simili accomodamenti, poiché sembrava che nel porto tutti fossero concordi nel ritenere che il capitano Giles valesse quanto il miglior ufficiale di qualsiasi grado, se non un pochino di più. Ma nel giudizio di Hamilton, anche lui era un «intruso». Credo che per Hamilton questo termine dovesse abbracciarci tutti quanti, salvo qualche leggera distinzione tra l'uno e l'altro.

Non cercai d'ingaggiare una conversazione con il capitano Giles, poiché lo avevo visto solo un paio di volte in vita mia. Ma egli, naturalmente, sapeva chi ero io. Dopo un po', chinando verso di me il capo rilucente, mi rivolse per primo la parola, e in tono amichevole. Mi disse che, vedendomi lì, riteneva che mi fossi concesso qualche giorno di licenza.

Parlava con voce molto sommessa. Gli risposi alquanto più forte, dicendogli:

– No, ho lasciato la mia nave per sempre.

– Uomo libero, allora, per qualche tempo – commentò lui.

– Credo di esserlo dalle undici di stamane.

Al suono delle nostre voci, Hamilton cessò di mangiare. Depose gentilmente coltello e forchetta, s'alzò, brontolò qualcosa circa «quel caldo d'inferno che mozza l'appetito», e uscì dalla sala. Poi, subito dopo, l'udimmo scendere i gradini della veranda.

Allora il capitano Giles mi osservò, nel modo più casuale, che, senza dubbio, quell'individuo era uscito con l'intenzione di assumere il posto da me abbandonato. Il capo maggiordomo che, prima, si teneva appoggiato alla parete, avvicinò alla mensa il suo profilo di capra infelice, e diede la stura ai suoi risentimenti. Hamilton rendeva molto penosi i suoi rapporti con la Capitaneria, per via dei conti non pagati. Pregava Dio di fargli trovar un posto; ma che ci guadagnerebbe, anche se lo trovasse? Tutt'al più una breve tregua.

Gli dissi:

– Non vi preoccupate. Il mio posto non lo piglierà. Il mio successore è già a bordo.

Rimase sorpreso, e mi parve che il suo viso si fosse alquanto allungato a quella notizia. Il capitano Giles emise un sommesso risolino. Ci alzammo e uscimmo sulla veranda, lasciando l'ebete sconosciuto in balìa dei cinesi. In ultimo, vidi ch'essi gli avevano posto dinanzi una fetta di ananas, e che poi s'erano ritirati per vedere che cosa succedesse. Ma l'esperimento fallì, poiché egli rimase immobile, insensibile.

Sottovoce, il capitano Giles m'informò che colui era un ufficiale di un yacht di rajah, tratto a secco nel cantiere di riparazioni. Avrà «visto della vita» (fumato oppio) l'altra notte, soggiunse, arricciando il naso con un fare confidenziale che mi piaceva immensamente. Poiché il capitano Giles aveva un gran prestigio. Gli si attribuivano meravigliose avventure, e si supponevano parecchie tragedie misteriose nella sua vita. Mai nessuna accusa gli era stata mossa da alcuno. Egli proseguì:

– L'ho visto quand'è sbarcato per la prima volta. Lo ricordo come fosse stato ieri. Era un bel ragazzo. Oh, quei bei ragazzi!

Non potei far a meno di scoppiare in una forte risata. Egli mi guardò sorpreso, poi s'unì al mio riso.

– No!! Non è questo. Volevo dire soltanto che molti invecchiano straordinariamente presto, da queste parti.

Ridendo, gli accennai, quale causa prima, la tremenda caldura. Ma egli si mostrò in possesso d'una filosofia assai più profonda. La vita nell'Oriente era troppo facile per i bianchi. Fin qui poco male, se fosse altrettanto facile restar bianchi. Ma era appunto in ciò che molti bei ragazzi non riuscivano. A questo punto mi gettò uno sguardo investigatore, e, con un far di zio protettore, mi chiese di punto in bianco:

– Perché avete piantato il vostro ancoraggio?

Subito m'adirai, poiché ben comprenderete quanto sia esasperante tale domanda per uno che non vi sappia rispondere. Dissi tra me che mi conveniva far tacere quel moralista; e gli risposi forte, con forzata cortesia:

– Perché...? Disapprovate?

Rimase tanto sconcertato da poter mormorar soltanto:

– Io?... Soltanto in senso del tutto generale.

Poi m'abbandonò. Ma si ritirò in buon ordine, sotto la protezione di un'osservazione fortemente ironica. Disse che anche lui stava invecchiando, e che questa, appunto, quando si trovava a terra, era la sua ora di siesta.

– Un'abitudine molto brutta, molto brutta.

La semplicità di quell'uomo avrebbe disarmato una rudezza giovanile anche più impetuosa della mia. Sicché, il giorno dopo, quando, a colazione, si chinò verso di me per dirmi che aveva incontrato il mio ex capitano la sera precedente, e sottovoce soggiunse: «Gli spiace molto che ve ne siate andato. Non ha mai avuto un secondo bravo come voi» gli risposi serio serio, senza un'ombra di affettazione, che in tutta la mia carriera marittima non ero mai stato così bene come su quella nave e con quel capitano.

– E... allora? – mormorò lui.

– Non lo sapete, capitano Giles, che intendo tornar a casa?

– Già, già – fece lui, affabile – ma questo l'ho già sentito ripetere tante volte.

– E che vuol dire? – gli gridai esasperato. Mi parve l'essere più ottuso, meno immaginativo, che avessi incontrato. Non so che altro gli avrei detto, se in quella, Hamilton, in ritardo come sempre, non fosse venuto a sedersi al suo solito posto. Così mi limitai a brontolare:

– Ad ogni modo vedrete che io non soltanto lo dico, ma anche lo faccio.

Hamilton, splendidamente rasato, onorò il capitano Giles d'un piccolo cenno del capo, finse di non vedermi e, quando parlò, fu soltanto per significare al capo maggiordomo che quello non era un cibo da presentare a un gentleman. L'interpellato parve tanto infelice da non poter nemmeno grugnire. Poté soltanto fissar lo sguardo sulla punkah; nient'altro. Il capitano Giles ed io ci alzammo e lo sconosciuto che sedeva accanto ad Hamilton, seguì il nostro esempio, manovrando faticosamente per levarsi in piedi. Povero diavolo: aveva cercato d'ingoiare qualche boccone di quel cibo poco seducente, non perché avesse fame, ma soltanto, e questo potrei giurarlo, per ritrovar un po' di dignità. Due volte s'era portato inutilmente la forchetta alla bocca; poi era rimasto inerte con un'aria di profonda mortificazione e con uno sguardo paurosamente fisso. Tanto il capitano Giles quanto io evitammo di guardare dalla sua parte.

Sulla veranda s'arrestò di botto per rivolgerci ansiosamente una lunga osservazione che non potei comprendere. Pareva che parlasse un'atroce lingua sconosciuta. Ma quando il capitano Giles, dopo solo un istante di riflessione, gli rispose con cordiale affabilità: «Giustissimo. Proprio così» parve molto sollevato, e andò – abbastanza diritto – a cercar una lontana sedia a sdraio.

– Che cosa voleva dire? – chiesi con palese disgusto.

– Mah! Bisogna compatirlo. Deve sentirsi poco bene; potete esserne certo. E domani si sentirà peggio.

Giudicando dall'apparenza, ciò sarebbe sembrato impossibile. Mi chiesi quale complicata gozzoviglia potesse averlo ridotto in tale stato. Mi parve che la benevolenza del capitano Giles fosse guastata da una strana aria di compiacenza che non mi piaceva affatto. Gli dissi con una risata:

– Vuol dire che avrà bisogno delle vostre cure.

Fece un gesto di diniego, sedette e aprì un giornale. Io feci altrettanto. Il giornale era vecchio, pieno di stereotipate, aride descrizioni del primo giubileo della Regina Vittoria. Presto ci saremmo immersi in uno di quei pisolini così comuni nei tropici, se non avessimo sentito risuonar la voce di Hamilton nella sala da pranzo. Stava ancora ultimando la sua colazione. I due battenti dell'ampia porta erano spalancati, ma egli, certo non immaginava quanto le nostre sedie fossero vicine a quella porta. Rispondeva con voce forte, autoritaria, a certe osservazioni arrischiate timidamente dal capo maggiordomo.

– Io, a capo fitto, non mi butto in nessun'impresa. Voglio sperare che saranno sempre abbastanza scontenti di trovare un gentleman come me. Per conto mio non ho nessunissima fretta.

Seguì un concitato bisbiglio da parte del maggiordomo, cui Hamilton rispose con un disprezzo anche più marcato:

– Che? Quel somaro che crede di aver fatto il secondo con Kent?... Inutile.

Giles e io ci guardammo. Kent essendo il nome del mio ex-comandante, il «parla di voi» sussurratomi da Giles, mi parve inutile. Il capo maggiordomo, qualunque fosse la sua opinione, doveva essersi impuntato, poiché Hamilton sentenziò più autoritario, che mai, e questa volta anche enfatico:

– Inezie, brav'uomo! Una persona che si aspetta non compete con un novellino come quello. Il tempo non mi manca.

Seguì un rumor di sedie rimosse, di passi nella stanza attigua, e di lamentose rimostranze da parte del maggiordomo che inseguì Hamilton anche fuori della porta di casa, lungo il viale d'ingresso.

– È un tipo molto permaloso – mi osservò il capitano Giles (osservazione che mi parve molto superflua). – L'avete forse offeso in qualche modo?

– Non gli ho mai parlato in vita mia. Chissà che cosa intenderà per competere. Ha cercato di pigliare il posto che avevo piantato, e non c'è riuscito. Ma questo non si chiama competere.

Il capitano Giles dondolò pensosamente il suo testone affabile.

– Non c'è riuscito – ripeté molto lentamente. – Infatti era poco probabile che vi riuscisse con Kent. Gli spiace molto che ve ne siate andato. M'ha detto anche che siete un bravo marinaio.

Buttai il giornale, balzai in piedi, e battei le due palme sul tavolino. Volevo sapere perché continuava a pizzicar quella corda, trattandosi, dopo tutto, di miei affari assolutamente privati. Era veramente esasperante.

Ma egli mi fece ammutolire con la perfetta equanimità del suo sguardo.

– Non ho detto nulla che possa offendervi – mormorò blandamente, con l'evidente intenzione di placare l'irritazione puerile che aveva suscitata.

E difatti il suo aspetto era così inoffensivo che cercai di spiegarmi meglio che potei. Gli dissi che non volevo più sentir parlare di quel che era passato. Tutto ciò era stato molto bello finché era durato, ma ora che era passato preferivo non più parlarne, e nemmeno pensarci. Ora aveva deciso di tornar a casa.

Ascoltò tutta la mia tirata con l'attenzione particolare di chi cerca di scoprire una stonatura in una musica. Poi, raddrizzatosi, parve ponderare saggiamente quanto gli avevo detto.

– Già. M'avete detto che volete tornar a casa. Qualcosa in vista laggiù?

Invece di osservargli che questo non era affar suo, gli dissi, imbronciato:

– Nulla che io sappia.

Avevo già considerato quella «pagina in bianco», derivante dalla situazione che mi ero creata, abbandonando così bruscamente una posizione tanto soddisfacente. Ed essa non mi era affatto piaciuta. Avevo gran voglia di dirgli che il mio atto non aveva nulla a che fare col buon senso comune, e che quindi non meritava l'interesse di cui egli sembrava onorarlo. Ma ora aspirava una pipetta di radica, così pacifico, inespressivo, banale, che non mi parve valesse la pena d'investirlo di verità e di sarcasmo.

Sbuffò un nuvolone di fumo, poi mi sorprese con un improvviso:

– Già preso il biglietto?

Sopraffatto dalla spudorata pertinacia di quell'uomo, cui era alquanto difficile dir cose sgarbate, gli risposi con esagerata dolcezza che a tale acquisto non avevo ancora provveduto, ritenendo di potervi provvedere comodamente l'indomani.

Ero sul punto di andarmene per sottrarre i miei affari privati alla sua fatua, oziosa curiosità, quando egli depose la pipetta in un modo estremamente significativo, come fosse giunto un momento molto critico, e si chinò di fianco verso di me, sopra il tavolino che ci divideva.

– Ah, non l'avete ancora preso! – Poi, abbassando la voce in un sussurro misterioso: – Bene, allora credo che dovreste sapere che qui c'è qualcosa per aria.

Mai in vita mia mi ero sentito staccato come allora da ogni vicenda terrestre. Pur avendo interrotto per qualche tempo la mia attività marinara, avevo conservato lo spirito di assoluta indipendenza rispetto a qualsiasi faccenda di terra. Che cosa mai poteva importarmi tutto ciò? Osservai dunque l'orgasmo del capitano Giles, più con disprezzo che con curiosità.

Alla sua domanda preparatoria, se il maggiordomo mi avesse detto qualcosa in quel giorno, risposi con un «no» secco secco. Non volevo incoraggiarlo; non volevo più che mi parlasse.

Ma egli, indifferente alla mia scontrosità, e con un'aria d'immensa saggezza, si mise a raccontar minutamente una storia di peon della Capitaneria. Una storia senza né capo né coda. Un peon era stato visto, nella mattinata di quel giorno, passar per la veranda con una lettera in mano. La busta era di tipo burocratico. Il peon, secondo l'abitudine dei suoi pari, l'aveva mostrata al primo bianco che gli era capitato davanti. Il quale era appunto il nostro amico della sedia a sdraio. Questi, naturalmente, non era in condizioni di poter interessarsi a qualsiasi cosa sublunare. Allora il peon, proseguendo lungo la veranda, s'era imbattuto nel capitano Giles che si trovava là per un caso veramente straordinario...

A questo punto s'interruppe con uno sguardo penetrante. Quella lettera era indirizzata al capo maggiordomo. Ora perché mai il capitano Ellis, Master Attendant (comandante della Capitaneria), aveva scritto al maggiordomo? Quest'ultimo si recava ogni mattina alla Capitaneria pel suo rapporto. E ne era appena tornato quando quel peon dell'ufficio lo cercava con una lettera. Perché?

E cominciò a far supposizioni. Non poteva essere per questo – e nemmeno per quello. E quest'altra supposizione era senz'altro da scartarsi.

La fatuità di tutto ciò m'indusse a guardarlo fisso. Se non fosse stato dotato di una personalità tanto simpatica mi sarei certamente risentito come per un insulto. Mi limitai dunque a compatirlo. Qualcosa di singolarmente serio nel suo viso m'impedì di ridergli in faccia. Nemmeno sbadigliai. Soltanto lo guardai fisso.

Il suo tono si fece di un'ombra più misterioso. Appena letta la lettera, quell'individuo (intendeva il maggiordomo) si era precipitato sul suo cappello, ed era corso fuori di casa. Ma non si trattava d'una chiamata, poiché non s'era diretto verso la Capitaneria. E nemmeno era rimasto assente abbastanza per poter esservi stato. Tornato subito dopo, aveva buttato il cappello, e s'era messo a camminar su e giù nella sala da pranzo gemendo forte e battendosi la fronte. Tutti questi fatti impressionanti erano stati debitamente osservati dal capitano Giles, il quale, poi, sembrava avervi pensato continuamente.

Provai una profonda compassione, e, in un tono che mi sforzai di rendere meno sarcastico possibile, mi rallegrai che egli avesse trovato qualcosa per occupar le ore del mattino.

Ma egli, con la sua disarmante semplicità, mi fece osservare, come fosse una cosa di estrema importanza, il fatto che, proprio quella mattina, egli non fosse uscito di casa. Di solito usciva di buon'ora per visitare uffici, incontrare amici sul porto ecc. Ma quella mattina non si era sentito ben a posto. Nulla di serio. Giusto abbastanza per poltrire un po'.

Dato che all'incongruenza di quel discorso s'aggiungeva uno sguardo fisso, sostenuto, persistente, ebbi veramente l'impressione che il mio interlocutore fosse affetto da una qualche mite demenza. E quando sollevò un tantino la sedia, e abbassò la voce al tono che meglio s'addice al mistero, pensai d'un tratto, che la solidità di una reputazione professionale non garantisce necessariamente un'analoga solidità cerebrale.

Ma allora non mi era ancora mai passato per la mente che potessi ignorare che cosa esattamente fosse la solidità cerebrale, e quanto tale questione fosse delicata e, soprattutto, di pochissima importanza.

Lo guardai con interesse, forse per un vago desiderio di non urtare i suoi sentimenti. Ma quando procedette a domandarmi misteriosamente se ancora ricordassi quel che era accaduto poco fa tra il nostro maggiordomo e «quel Hamilton», brontolai un cupo assenso, e volsi altrove il capo.

– Bene, ma ve ne ricordate parola per parola? – egli insistette con tatto.

– Non so. Non mi riguarda – gridai, non potendone più, e inoltre augurai la dannazione eterna tanto al maggiordomo quanto a Hamilton.

Volevo mostrarmi energico, finirla con quel colloquio; ma il capitano Giles continuava a fissarmi pensoso. Nulla poteva trattenerlo. Imperturbabile, mi fece rilevare quanto la mia persona fosse implicata in quella conversazione. E come conservavo la maschera dell'indifferenza, egli divenne positivamente crudele. Avevo ben udito ciò che quell'individuo aveva detto? Sì? E allora che, cosa ne pensavo? – voleva saperlo.

Siccome l'aspetto del capitano Giles escludeva senz'altro ogni intenzione maligna da parte sua, dovetti concludere ch'egli fosse semplicemente l'idiota più privo di tatto esistente sulla terra. Compiansi me stesso per la vanità dei miei sforzi tendenti a illuminare la sua incomprensione. Tuttavia gli spiegai che quell'incidente mi aveva lasciato perfettamente indifferente. Hamilton non meritava considerazione alcuna. Quel che un volgarissimo bestemmiatore... –

«Giustissimo!» intercalò il capitano Giles – pensasse o dicesse, era troppo al disotto del disprezzo d'una persona che si rispetta, e perciò non intendevo farvi alcun caso.

Tale atteggiamento mi sembrava semplicemente, ovvio, e vedendo che il capitano Giles non dava alcun segno di assenso, ne rimasi stupito. Una così perfetta stupidità era quasi interessante.

– Che vorreste allora che facessi? – gli chiesi ridendo. – Non posso mica azzuffarmi con lui per quell'opinione che s'è fatta di me. Naturalmente ho sentito che usa termini poco lusinghieri nei riguardi. Però non li ha mai usati in mia presenza. Poco fa non sapeva che io lo udissi. Non farei altro che rendermi ridicolo.

L'inguaribile Giles continuò a fumare, assorto. Ma d'un tratto il suo viso si schiarì.

– Non m'avete compreso.

– Davvero? Ne ho piacere – gli risposi.

Ma egli, vieppiù animato, mi ripeté che veramente non avevo compreso nulla. E in un tono di compiacenza vieppiù cosciente, mi assicurò che ben poche cose sfuggivano alla sua attenzione, e che, avendo l'abitudine di riflettere su tutto quello che osservava, giungeva per lo più, grazie alla sua esperienza della vita e degli uomini, a conclusioni esatte.

Quel po' po' di autoapologia s'accordava perfettamente con l'elaborata vacuità dell'intera conversazione. E ciò valse a confermare in me l'oscura impressione di aridità, di vuoto, che m'aveva spinto a fuggire, quasi inconsciamente, un comodo ancoraggio e uomini che mi piacevano... per poi trovar un maggior vuoto alla prima cantonata. Ecco qui un uomo maturo, godente la stima di tutti, che mi si rivelava un ozioso, assurdo biascicatore di ciance. E così dovevano essere anche gli altri, tutti, dall'Oriente all'Occidente, dal primo gradino all'ultimo della scala sociale.

Un grande scoramento s'impossessò di me; qualcosa come un torpore spirituale. La voce di Giles continuava sempre compiacente; era la voce del vuoto concetto universale. Ma ora non m'infastidiva più. Non c'era più nulla di originale, di nuovo, di sorprendente, d'interessante, da aspettarsi in questo mondo: nessuna occasione per scoprir qualcosa di nuovo in se stesso, nessuna saggezza da acquistare, nessuna gioia da godere. Tutto era stupido, vieto, sorpassato, giusto come quel capitano Giles. Pazienza.

Il nome di Hamilton, improvvisamente percepito dai miei timpani, mi fece scattare.

– Credevo che l'avessimo finita con quell'individuo – dissi nel tono più disgustato possibile.

– Già, ma dato ciò che abbiamo sentito, ritengo che dovreste farlo.

Mi raddrizzai sbalordito.

– Farlo?... Far che cosa?

Il capitano Giles mi guardò molto sorpreso.

– Ma ciò che vi ho consigliato adesso. Andate a domandare al maggiordomo che cosa c'era in quella lettera della Capitaneria. Domandatelo senza preamboli, a bruciapelo.

Tacqui per un momento. Qui c'era qualcosa di abbastanza imprevisto e originale per riuscire incomprensibile. Mormorai stupito:

– Credevo che fosse di Hamilton che voi...

– Perfettamente. Non lasciategli tempo. Fate quel che v'ho detto. Amarrate il maggiordomo. Scommetto che lo farete saltare.

Dopo aver agitato in modo vivace la pipetta, se la rimise tra i denti e ne aspirò il fumo tre volte di seguito.

Aveva un'aria di acume trionfante, indescrivibile. Nullameno restava sempre un individuo stranamente simpatico. Raggiava dalla sua persona una benevolenza dolce dolce, ridicola, impressionante. Anche irritante. Ma io, freddamente, come uno che si trovi alle prese con l'incomprensibile, gli osservai che non vedevo nessuna ragione per espormi a un rabbuffo di quell'individuo. Era un maggiordomo tutt'altro che soddisfacente, e per giunta un povero disgraziato; ma piuttosto che fare un atto simile, preferivo rompergli senz'altro il naso.

– Benissimo! Rompetegli il naso. Vedrete che vi tornerà molto utile.

Queste parole mi parvero così assurde che non trovai nulla da rispondere. Tuttavia il senso dell'assurdità cominciava a esercitare il ben noto fascino. Sentii che non dovevo più ascoltare il mio interlocutore. M'alzai, osservandogli secco secco ch'egli m'era troppo superiore, che m'era impossibile comprenderlo.

Ma prima che m'allontanassi, egli mi parlò ancora, in tono diverso, caparbio, aspirando nervosamente la sua pipetta.

– Che importa... tanto... è un farabutto. Fate come v'ho detto... domandategli... Ecco tutto.

Quella nuova maniera mi colpì – o piuttosto mi fece ristare. Ma subito il buonsenso ebbe il sopravvento, e, gettandogli un triste sorriso, m'allontanai dalla veranda. In quattro passi mi trovai nella sala da pranzo, ora sgombra, vuota. Ma durante quel tempo brevissimo, diversi pensieri già mi si erano presentati alla mente, come per esempio: che Giles m'avesse preso in giro, sperando forse di divertirsi a mie spese; che probabilmente mi dovevo esser mostrato sciocco, o comunque risibile; che sapevo ben poche cose della vita...

Trasalii vedendo spalancarsi la porta che mi stava dirimpetto, dall'altra parte della sala da pranzo. Era quella del «Capo Maggiordomo», e il medesimo sbucò fuori della sua tana da filisteo, correndo verso la porta di casa nel suo modo grottesco di bestiola inseguita.

Ancor oggi non riesco a spiegarmi perché mai gli abbia gridato dietro: «Sentite! Un momento!» Forse l'occhiata bieca che m'aveva gettata passando; forse l'influenza della misteriosa serietà del capitano Giles. A ogni modo è stato un qualche impulso; un effetto di quella forza annidata chissà dove nella nostra vita, e che la foggia ora in un modo, ora nell'altro. Poiché se quelle parole non mi fossero sfuggite dalle labbra (la mia volontà non c'entrò per nulla), la mia esistenza, pur restando, senza dubbio, quella d'un marinaio, avrebbe seguito un corso che ora mi è assolutamente impossibile concepire.

No. La mia volontà non c'entrò per nulla. Infatti mi pentii di quelle fatali parole non appena le ebbi pronunciate. Se quell'uomo si fosse rivoltato, e m'avesse tenuto testa, mi sarei ritirato, e non certo in buon ordine. Poiché avevo l'impressione di prestarmi allo stupido scherzo ideato dal capitano Giles per beffarsi o di me o del maggiordomo.

Ma a questo punto entrò in gioco il vecchio istinto di caccia. Il maggiordomo fece il sordo, e io, senza un attimo di riflessione, traversai di corsa la sala e gli sbarrai il passo sulla soglia.

– Perché non rispondete quando vi si parla? – gli chiesi rudemente.

Egli s'appoggiò allo stipite, più infelice che mai. Temo che, tutto sommato, la natura umana sia poco bella. Certo si è che presenta aspetti molto brutti. Mi sorpresi in procinto d'infuriarmi, e ciò, credo, unicamente per l'eccessiva passività della mia preda. Miserabile pezzente!

– Ho sentito che stamane è giunta qui una comunicazione ufficiale della Capitaneria. È vero?

Invece di invitarmi a badare ai fatti miei, come sarebbe stato suo pieno diritto, si mise a piagnucolare nel modo più abbietto, protestando che quel mattino non aveva potuto trovarmi, e che d'altra parte non gli sarebbe stato possibile perlustrare tutta la città per rintracciarmi.

– E chi pretende questo? – gli gridai. E allora i miei occhi si aprirono al retroscena di quelle cose che, nel colloquio di dianzi, mi erano parse così sconcertanti, deprimenti.

Gli dissi di voler conoscere il contenuto di quella lettera. L'imperiosità del mio tono e del mio contegno era finta solo in parte. La curiosità può diventar un sentimento molto fiero – certe volte.

Si rifugiò dietro un broncio d'idiota balbuziente. Mormorò che, ormai, non poteva interessarmi. Gli avevo detto che tornavo a casa. E dal momento che tornavo a casa, non vedeva perché non avrebbe potuto...

Questa era la sua linea di difesa, e mi sembra abbastanza evidente quanto fosse offensiva. Voglio dire offensiva per il buon senso.

In quella regione crepuscolare, tra la giovinezza e la maturità, in cui transitavo allora, si è generalmente molto sensibili a tale genere d'insulti. Temo che il mio contegno verso il maggiordomo si sia fatto molto rude. Ma in lui nessuna fibra era capace di insorgere contro checchessia. Probabilmente per l'uso di certe droghe o di libazioni solitarie. E quando mi lasciai andare fino a investirlo d'improperi, egli s'accasciò e si mise a strillare.

Non urla strazianti, no; soltanto una cinica confessione lacrimosa, una disperazione finta – pietosamente finta. Le parole erano poco coerenti, tuttavia abbastanza per lasciarmi dapprima come intontito. Giustamente sdegnato, distolsi gli occhi da lui, e scorsi il capitano Giles che, sulla soglia della veranda, assisteva tranquillamente alla scena, la quale, in fondo, era opera sua. La sua fumante pipetta era bene in vista nel suo grosso pugno paterno. E così pure spiccava il luccicchìo della grossa catena d'oro, tesa attraverso il bianco panciotto. Emanava da lui un'atmosfera di virtuosa saggezza, abbastanza densa per far accorrere ogni anima innocente. Anch'io accorsi.

– Incredibile! – gli gridai. – Quella lettera chiedeva un capitano per una nave. Si trattava nientemeno di un comando, e quell'individuo se la mette tranquillamente in tasca.

Qui il maggiordomo strillò con l'accento della più schietta disperazione:

– Sarete la mia rovina!

E il ceffone che s'abbattè sulla sua fronte, fu pure clamoroso. Ma quando mi volsi a guardarlo, era già scomparso. Sarà corso a nascondersi in un qualche luogo. Quell'improvvisa fuga mi fece ridere.

Così terminò quell'incidente – per me. Il capitano, invece, fissando il luogo dove prima si trovava il maggiordomo, si mise a tirare la sua opulenta catena, finché l'orologio sorse dalla profonda tasca, come una solida verità dal fondo di una sorgente. Solennemente egli lo riaffondò, e solo allora disse:

– Giusto le tre. Sarete a tempo... sempre che non ne perdiate.

– A tempo per che cosa?

– Buon Dio! Ma per andare alla Capitaneria. È una cosa che merita di essere chiarita.

A rigor di logica, aveva perfettamente ragione. Soltanto non ho mai avuto molte attitudini per investigare, far castigare i colpevoli, esplicare insomma quell'attività che, dal punto di vista etico, è certamente molto lodevole. Nella circostanza attuale il mio punto di vista era puramente etico. Se dunque qualcuno doveva essere la rovina del maggiordomo, era meglio che lo fosse il capitano Giles, persona d'una certa età e posizione, e residente in permanenza in quel luogo, mentre io ero soltanto un uccello di passaggio. Mormorai dunque che non ritenevo fosse il caso – insomma che la cosa non m'importava affatto...

– Affatto! – ripetè il capitano Giles, dando alcuni segni di sdegno cheto, deliberato. – Kent mi ha avvertito che siete uno strano giovanotto. Ora mi direte che nulla v'importa neanche un comando... e ciò dopo tutta la fatica che mi son dato!

– Fatica? – mormorai, incapace di comprendere. – Quale fatica? – Ricordavo soltanto di essere stato mistificato, annoiato dalla sua conversazione, per tutta una lunga ora dopo colazione. E questo lo chiamava essersi affaticato per me.

Stava guardandomi con una compiacenza che sarebbe stata odiosa in qualunque altro individuo. D'un subito, come se, voltando la pagina d'un libro, avessi scoperto una parola che chiarisse quanto era accaduto prima, compresi che quella faccenda presentava anche un altro aspetto, oltre quello etico.

Ma ancora non mi mossi. Allora il capitano Giles perse un po' della sua immensa pazienza, e con uno sbuffo di fumo indispettito, volse la schiena alla mia titubanza.

Ma veramente non si trattava di titubanza. Qualcosa, nel meccanismo del mio cervello, doveva essersi disingranato. Ma appena mi fui convinto che quel mondo vizzo, arido della mia nevrastenia, conteneva qualcosa come un comando da assumere, ritrovai subito le mie forze locomotrici.

La strada dalla «Casa dell'ufficiale» alla Capitaneria del Porto è piuttosto lunga, ma con in capo la magica parola «comando», mi ritrovai improvvisamente sul molo, dinanzi a una bianca gradinata che metteva alla soglia d'un porticato sontuoso, come vi fossi stato trasportato d'incanto in un batter d'occhio.

Tutto sembrava avventarmisi contro. L'ampia rada a destra passò come un lampo azzurro, e l'andito buio, fresco, m'ingoiò, togliendomi dalla caldura e dall'abbaglio, di cui m'accorsi solo nell'istante in cui ne uscivo.

L'ampio scalone sembrava scorrere sotto i miei piedi. Che magìa portentosa in quella parola: comando! I primi esseri umani che scorsi distintamente, dopo essermi allontanato dalla schiena sdegnata del capitano Giles, furono quelli componenti l'equipaggio della lancia a vapore del porto, ozianti dinanzi all'Ufficio Imbarchi.

Fu allora che la mia animazione m'abbandonò. Quell'atmosfera di ufficialità era tale da soffocare qualsiasi ardore giovanile, qualsiasi speranza e insieme qualsiasi timore. Passai pesantemente sotto la portiera che il nostromo della suddetta lancia sollevò per me. Non c'era nessuno nell'ufficio fuorché gli impiegati che scrivevano diligentemente, schierati in due file. Subito il capo-ufficio saltò giù dal suo alto seggio, e corse sulle spesse stuoie per venirmi incontro nel passaggio centrale.

Il suo nome era scozzese, ma la sua carnagione era riccamente olivastra, la sua barbetta nerissima, e così pure i suoi occhi che avevano un'espressione languida.

– Volete parlare con Lui?

Ogni leggerezza di spirito e di corpo essendosi dipartiti da me, guardai lo scriba senza alcun orgasmo, e a mia volta gli chiesi:

– Che ne dite? Ne vale la pena?

– Perdio se ne vale la pena. Ha chiesto due volte di voi in giornata.

Quell'enfatico Lui era l'autorità suprema, l'ispettore di marina, il comandante del porto – un grandissimo personaggio nel giudizio di ogni scribacchino di quella sala. Ma questo era ben poca cosa accanto all'opinione ch'egli stesso aveva della propria grandezza.

Il capitano Ellis si riteneva una specie di emanazione divina (divinità pagana), un Vicenettuno per tutti i mari circostanti. Se non poteva governare le onde, riteneva però di poter governare tutte le esistenze in balìa delle medesime.

Tale magnifica illusione lo rendeva molto autoritario, imperioso. E siccome era dotato d'un temperamento irascibile, c'erano molte persone che avevano veramente paura di lui. Era infatti temibile, non per virtù d'ufficio, ma in grazia delle sue gratuite presunzioni. Io, per conto mio, non avevo ancora avuto nulla a che fare con lui. Risposi dunque:

– Ah, sì? Ha chiesto due volte di me. Allora mi conviene entrare.

– Dovete entrare. Dovete!

Il capo-ufficio mi guidò, attorno all'intero sistema di scrivanie, fino a un'alta porta di aspetto imponente, ch'egli aprì con una deferente pressione sulla maniglia.

Entrò (senza staccar la mano dalla maniglia), e dopo aver guardato per un po' in modo molto ossequioso verso il fondo di quella stanza, mi significò di entrare con un cenno del capo. Poi guizzò fuori e richiuse la porta dietro di sé nel modo più riguardoso.

Tre alte finestre davano sul molo. Non contenevano altro che l'azzurro cupo del mare sfavillante, e l'azzurro più pallido, luminoso, del cielo. Il mio sguardo scorse nella profondità e nella lontananza di quelle due tinte, la macchia bianca d'una grande nave, arrivata da poco e giusto intenta a gettar l'àncora nella rada esterna. Una nave proveniente da casa – dopo forse novanta giorni di navigazione. C'è qualcosa di commovente in una nave che viene dall'alto mare, e che serra le sue bianche ali per riposare.

La seguente cosa che scorsi fu la criniera argentea, sormontante il glabro faccione rosso del capitano Ellis, che, senza la sua sorprendente freschezza, sarebbe certo parso apoplettico.

Il nostro Vicenettuno non portava barba al mento, e nemmeno c'era un tridente deposto in un angolo a mo' d'ombrella. Ma la sua mano teneva una penna – la penna ufficiale, terribile arnese che fa e disfa la fortuna degli umili lavoratori. Mi guardava avanzare al di sopra della sua spalla.

Quando gli giunsi a tiro, mi accolse con un tremendo:

– Dove siete stato finora?

Siccome questo non era affar suo, non vi feci alcun caso. Gli dissi semplicemente che, avendo sentito parlare di un comando vacante su un veliero, e che essendo per l'appunto ufficiale di veliero, avevo voluto presentarmi.

– Come? – m'interruppe lui. – Voi siete l'unica persona adatta per quel posto... anche ci fossero venti aspiranti. Ma niente paura. Nessuno si offre. Tutti han paura. Ecco perché.

Sembrava fuori dei gangheri. Candidamente gli dissi:

– Davvero, signore? Perché mai?

– Perché? Perché hanno paura delle vele. Hanno paura dell'equipaggio bianco. Troppe seccature. Troppo lavoro. Troppo lontano da qui. Vogliono tutti i comodi, e poltrire nelle poltrone di coperta. Eccomi qua, con davanti il telegramma del Console Generale, e l'unica persona adatta mi si rende irreperibile. Cominciavo a credere che anche voi non voleste saperne...

– Non ci ho messo molto per venire – gli osservai calmo calmo.

– Eppure godete di un buon nome, da queste parti – continuò a gridare, senza guardarmi.

– Lieto di apprenderlo da voi, signore.

– Sicuro. Ma non siete mai sul posto quando vi si cerca. Questo non lo vorrete negare. Quel vostro maggiordomo si sarà certo affrettato a consegnarvi il messaggio di questo ufficio. Dove diavolo siete andato a cacciarvi?

Mi limitai a sorridere, gentilmente, su di lui, che allora m'invitò a sedere. Poi mi spiegò che il capitano d'una nave britannica essendo morto a Bankok, il Console Generale gli aveva telegrafato domandandogli d'urgenza una persona idonea cui affidare quel comando.

M'assicurò che subito aveva posto gli occhi su di me, sebbene, per riguardo al protocollo, la sua comunicazione alla Casa dell'Ufficiale fosse stata generale. Il contratto era già pronto. Me lo porse perché lo leggessi, e quando glielo ridiedi, dichiarando che ne accettavo i termini, egli lo firmò, lo timbrò con la sua propria augusta mano, lo piegò in quattro (era un foglio di azzurra carta protocollare) e me lo diede – dono di una virtù straordinaria, poiché, appena me lo misi in tasca, la testa mi girò.

– Questo è il vostro contratto – mi disse con una certa gravità. – Un contratto ufficiale che vincola gli armatori a condizioni che voi avete accettate. Ora sentiamo... quando fate conto di partire?

Gli dissi che, se necessario, sarei stato pronto anche quello stesso giorno. Egli mi prese alla parola con grande prontezza. Il vapore Melita salpava alla volta di Bankok quella sera verso le sette. Richiederebbe ufficialmente al suo capitano di prendermi a bordo, e d'aspettarmi fino alle dieci.

Allora s'alzò, e anch'io m'alzai. La testa mi girava, – nessun dubbio in quanto a questo, – e anche sentivo una pesantezza nelle membra, come fossi considerevolmente cresciuto da quando m'ero seduto su quella sedia. Feci un inchino.

Un lieve cambiamento divenne percettibile nelle maniere del capitano Ellis, quasi avesse deposto il suo tridente di Vicenettuno. In realtà aveva soltanto deposto la sua penna ufficiale nell'alzarsi.

CAPITOLO II

Mi strinse la mano.

– Eccovi ora capitano, ufficialmente assunto sotto la mia responsabilità.

Ora camminava accanto a me, verso l'uscio. Quanto lontano mi parve quell'uscio! Camminavo come avessi i piedi inceppati. Ma infine vi giungemmo. Lo aprii come una cosa prettamente irreale; e fu allora che il cameratismo del marinaio si mostrò più forte di qualsiasi differenza di età e di posizione. Si rivelò nella voce del capitano Ellis.

– Addio... e buona fortuna – mi disse così cordialmente che potei soltanto gettargli uno sguardo di gratitudine. Poi gli volsi le spalle e me n'andai, per non più rivederlo in vita mia. Non avevo fatto tre passi nell'altro ufficio, che udii squillare, dietro di me, la rude, vibrante, autoritaria voce del nostro Vicenettuno.

Essa si rivolgeva al capo-ufficio che, dopo avermi introdotto, doveva essere rimasto pronto, nelle immediate adiacenze.

– Signor R., disponete perché la lancia del porto trasporti questo capitano a bordo della Melita, alle nove e mezza di stasera.

Il «signorsì» sbigottito del signor R., mi sorprese non poco. Questi, poi, mi precedette correndo, fuori dell'ufficio. La mia nuova dignità mi pesava ancora così poco che, lì per lì, non mi resi conto che il capitano, oggetto di quell'ultima cortesia, fossi appunto io. Mi sembrava che, improvvisamente, un paio di ali mi fossero spuntate sulle spalle, e che realmente sorvolassi il lucido impiantito.

Ma R. era molto impressionato.

– Perdio! – esclamò nel corridoio, mentre gli uomini dell'equipaggio malese della lancia a vapore stavano lì impietriti a fissar l'uomo pel quale dovevano stare in servizio fino a così tarda ora, lontano dalle loro bettole, dalle loro ragazze o dalle loro pure gioie domestiche. – Perdio! La sua lancia! Che cosa gli avete fatto?

Il suo sguardo era saturo di rispettosa curiosità. Mi sentii molto confuso, e balbettai:

– Era per me? Non sapevo.

Egli annuì molte volte di seguito.

– Sicuro! E l'ultima volta, sapete a chi l'ha prestata quella lancia?

A un duca!

Credo che s'aspettasse di vedermi svenire sul colpo. Ma io avevo troppo fretta per dar spettacoli di commozione. Avevo i sensi talmente sconvolti che quell'informazione stupefacente non vi cambiò nulla. Il mio cervello ribolliva come una caldaia surriscaldata, e continuò a bollire anche dopo gli addii espansivi di R.

Il favore dei grandi fa rifulgere un'aureola intorno ai fortunati oggetti delle loro preferenze. Quell'ottima persona mi chiese se poteva far alcunché per favorirmi. Mi conosceva soltanto di vista, e sapeva benissimo che non mi avrebbe mai più rivisto. Non ero per lui, come d'altronde ogni uomo di mare di passaggio per quel porto, che un mero soggetto da scritturazioni ufficiali, da compilazioni di formulari; e doveva quindi sentire tutta la superiorità dell'uomo di penna e d'inchiostro, di fronte al disgraziato che s'arrabatta con le realtà, fuori delle sacre mura dell'edificio burocratico. Dovevo essere per lui qualcosa come un fantasma impalpabile. Un mero simbolo per le registrazioni nei suoi grossi libroni; quindi senza cervello, né muscoli, né perplessità; qualcosa di materialmente utile, e di molto inferiore.

Eppure ora, terminato il suo orario, voleva sapere se poteva far alcunché per favorirmi!

Veramente avrei dovuto sentirmi commosso fino alle lacrime. Invece non vi feci alcun caso. Lo considerai semplicemente come un'altra manifestazione miracolosa di quel giorno di miracoli. Lo piantai in asso come se il mero simbolo fosse stato lui. Scesi volando lo scalone, varcai volando l'imponente soglia dell'edificio burocratico, e fuori continuai a volare.

Agli occhi di quella frazione di umanità mista di bianchi, di gialli e di neri, deambulante per le vie, dovevo presentare l'aspetto di un uomo procedente in modo piuttosto normale. Eppure nessuna astrazione può pareggiarsi al mio stato di allora, tanto ero staccato da ogni forma e colore di questo mondo. Un distacco assoluto.

Ma ecco che, a un tratto, riconobbi Hamilton. Lo riconobbi senza sforzo, senza urto, senza sorpresa. Era lì, procedente verso la Capitaneria, con sua rigida, arrogante dignità. Il suo faccione rosso lo rivelava da lontano. E là, nella parte ombreggiante della strada, mi sembrava che fiammeggiasse.

Anche lui mi aveva visto. Qualcosa (forse un'incosciente esuberanza dello spirito) mi spinse a fargli un cenno elaborato con la mano. Tale mancanza di buon gusto si manifestò ancor prima che potessi rendermi conto di esserne capace.

Si arrestò di botto, pressapoco come fosse stato colpito da una pallottola al cuore. Ho la certezza d'averlo visto traballare, benché non mi fossi fermato per veder se cadesse. Lo sorpassai in un attimo e non mi volsi indietro. Avevo già dimenticato la sua esistenza.

Per quanto mi è dato di ricordare, i seguenti dieci minuti possono essere stati indifferentemente dieci secondi o dieci secoli. La gente avrebbe potuto cader fulminata attorno a me, le case avrebbero potuto crollare, e dei cannoni sparare, senza che vi avessi minimamente badato. Poiché stavo pensando: «Perdio, ce l'ho». Il soggetto sottinteso era, naturalmente, quel comando, capitato in un modo così imprevisto nei miei sogni a occhi aperti.

Ebbi l'impressione che la mia immaginazione avesse sempre corso per canaluzzi convenzionali, e che tutte le mie speranze fossero state grigie, sciatte. Avevo sempre concepito il comando quale ultimo risultato di una lunga serie di promozioni meritate, al servizio d'una molto rispettabile società. Compenso per un servizio fedele. Ma per servire fedelmente basta l'amor proprio, l'amore per la nave, l'amore per la vita che si preferisce; non c'è bisogno di compenso.

C'è qualcosa di sgradevole nel concetto del compenso.

E ora il mio comando l'avevo lì, in tasca, nel modo più inoppugnabile e anche più imprevisto; in grazia di un caso che non avevo mai immaginato, che ragionevolmente non potevo prevedere; e nonostante l'oscura congiura che aveva tentato di carpirmelo. È vero che quella congiura era stata ben misera; tuttavia serviva ad acuire il senso del miracolo – quasi fossi stato designato al comando di quella nave che non conoscevo da una qualche potenza superiore alle prosaiche agenzie del mondo commerciale.

Uno strano senso di esultanza cominciò a insinuarsi in me. Se per giungere a quel comando mi fossi affannato per dieci anni o più, non avrei sentito nulla di simile. Mi spaventai un po', e mi dissi:

– Cerchiamo di star calmi.

Sulla soglia della «Casa dell'Ufficiale», il disgraziato maggiordomo sembrava aspettarmi. Un'ampia fuga di pochi gradini metteva a quella soglia, ed egli correva su e giù, come vi fosse incatenato. Un mastino allarmato. Forse con la gola troppo secca per poter abbaiare.

Mi spiace dover riconoscere che sostai prima d'entrare. La mia natura morale aveva subito una vera rivoluzione. L'omuncolo attese a bocca aperta, senza respiro, per mezzo minuto, mentre io lo fissavo.

– Credevate proprio di potermela fare? – gli dissi in un tono da farlo schiantare.

– M'avete detto di voler tornare a casa – gemette miseramente. –

M'avete proprio detto così. Proprio così.

– Sono curioso di sapere che cosa ne direbbe il capitano Ellis di questa scusa, – dissi lentamente, ostentando un'intenzione sinistra.

La mascella inferiore gli tremava, e la sua voce somigliava al belato d'una capra malata.

– M'avete denunciato?... M'avete rovinato?

Ma né la sua disperazione, né il grottesco della scena, poterono disarmarmi. Era la prima volta che qualcuno aveva tentato di farmi del male – o almeno la prima volta che ne avevo piena conoscenza. Ed ero ancora troppo giovane, troppo di qua dalla linea d'ombra, per non risentirne stupore e sdegno.

Lo guardai inesorabile. Volevo che quel pezzente soffrisse. Si batté forte la fronte, e io passai oltre, inseguito dalla sua voce stridula:

– L'ho sempre detto che sareste la mia rovina!

Quel clamore non solo mi raggiunse, ma mi sorpassò, giunse sulla veranda, e ne trasse fuori il capitano Giles.

Me lo vidi dinanzi, sulla soglia, in tutta la banale solidità della sua saggezza. L'oro della catena luccicava sul suo panciotto. La sua grossa mano serrava la fumante pipetta.

Gli porsi la destra con espansione; parve sorpreso, però corrispose abbastanza cordialmente alla stretta, con un sottile sorriso di superiore saggezza, che tagliò corto ai miei ringraziamenti, come una lama di coltello. Credo che non più di una parola mi sia uscita di bocca. Eppure per quella sola, a giudicare dalla temperatura del mio viso, devo essere arrossito come per una cattiva azione. Poi, prendendo un'aria disinvolta, mi meravigliai che egli avesse potuto subodorare quelle occulte mene.

Compiacente, mormorò che in quella città succedevano ben poche cose ch'egli non potesse penetrare. In quanto a quella casa, egli vi aveva dimorato, più o meno regolarmente, per quasi dieci anni. Nulla di ciò che in essa avveniva poteva sfuggire alla sua grande esperienza. Non gli era dunque costato nessuna fatica, nessunissima fatica.

Poi, nel suo solito modo tranquillo, massiccio, volle sapere se mi fossi formalmente lamentato del maggiordomo.

Gli risposi che non avevo detto nulla – benché, realmente, l'occasione non mi fosse mancata. Il capitano Ellis si era infuriato in un modo addirittura ridicolo, per il fatto di non avermi potuto trovare al momento voluto.

– Un tipo alquanto bizzarro – opinò il capitano Giles. – Che gli avete risposto allora?

– Gli ho detto che mi ero recato al suo ufficio appena a conoscenza del suo messaggio. Nient'altro. Non volevo far del male al maggiordomo. Avrei vergogna di far del male a un essere simile. No. Non ho fatto nessuna lagnanza, ma il disgraziato, probabilmente, crede che l'abbia fatta. Lasciamo che lo creda. Gli darà una paura che ricorderà per un pezzo, poiché, se lo avesse saputo, il capitano Ellis lo avrebbe scacciato a calci, e a calci tali da mandarlo a ruzzolar nel mezzo dell'Asia...

– Permettete un momento? – mi disse il capitano Giles, allontanandosi improvvisamente.

Mi sedetti, molto stanco, soprattutto nel capo. Ma prima che potessi riannodar il filo dei pensieri, il capitano già mi era tornato accanto, e m'informava di essere andato a risollevar l'animo di quel povero diavolo.

Lo guardai con aria sorpresa. Ma realmente la cosa mi era indifferente. Allora mi spiegò di aver trovato il maggiordomo sdraiato bocconi sul suo divano imbottito di crine. Ora stava benone.

– Per un po' di paura non sarebbe morto – gli osservai sprezzante.

– Già, ma forse avrebbe potuto prendere una dose eccessiva del contenuto di quelle bottigliette che si tiene nella sua camera. Quell'imbecille ha già tentato di ammazzarsi una volta... un paio d'anni fa.

– Veramente – osservai senza una punta di commozione – non mi sembra molto adatto a vivere.

– Già, ma questo lo si potrebbe dire per molti.

– Non esageriamo – protestai con una risata di stizza. – Però mi domando che ne verrebbe di questa parte del mondo se voi non la teneste d'occhio, capitano Giles. Oggi, in un solo pomeriggio, avete procurato un comando a me, e salvato la vita al maggiordomo. Però non riesco a comprendere perché mai vi siate tanto interessato alle nostre rispettive sorti.

Il capitano Giles tacque per un buon minuto, poi, gravemente, disse:

– In fondo non è un cattivo maggiordomo. A ogni modo, quando occorre, sa trovar un buon cuoco. E quel che più è, sa tenerselo una volta che l'ha trovato. Ricordo i cuochi che avevamo qui, prima del suo avvento.

Devo aver fatto un gesto d'impazienza, poiché subito s'interruppe per scusarsi di trattenermi lì, quando certo abbisognavo di tutto il mio tempo per prepararmi.

Realmente avevo soltanto bisogno di star solo. Sicché ne profittai per ritirarmi. La mia camera era un cheto rifugio, in un'ala apparentemente deserta del fabbricato. Non avendo assolutamente nulla da fare (i miei bagagli erano rimasti intatti), mi sedetti sul letto e mi abbandonai all'influenza dell'ora. Alle inattese influenze...

Anzitutto mi meravigliai del mio stato d'animo. Perché non ero più sorpreso di così? Perché? Eccomi qui, investito di un comando in un batter d'occhio, non secondo il decorso normale delle faccende umane, ma quasi per virtù d'incanto. Avrei dovuto essere sbalordito. Invece non lo ero. Somigliavo agli eroi delle fiabe. Non si stupiscono mai di nulla. Quando da una babbuccia scaturisce una carrozza di gala con cavalli e cocchiere, Cenerentola non getta nemmeno una esclamazione. Sale tranquilla tranquilla, e si fa condurre verso la sua strabiliante fortuna.

Il capitano Ellis (tipo di fata alquanto singolare) aveva fatto scaturire quasi allo stesso modo quel comando da un suo cassetto. Ma il comando, quale concetto astratto, mi parve una sorta di «meraviglia secondaria» finché, d'un tratto, mi balenò nella mente ch'esso implicava la concreta esistenza di una nave.

Una nave! La mia nave! Mia, più assolutamente mia in quanto a possessione e cure, di qualunque altra cosa nel mondo: un oggetto di responsabilità e di devozione. Mi aspettava incantata, incapace di muoversi, di vivere, di vagare per l'immenso mondo (fino al mio arrivo), come una principessa di fiaba. Il suo richiamo era giunto a me come calando dalle nuvole. Non avevo mai sospettato la sua esistenza. Non sapevo ancora come fosse, conoscevo appena appena il suo nome, eppure già eravamo indissolubilmente uniti per una certa porzione del futuro, e destinati a galleggiare o a colare insieme.

Un subito impeto di ansiosa impazienza m'irruppe nelle vene, e mai come allora, né prima né dopo, mi sono sentito vivere così intensamente. Compresi quanto fossi marinaio di cuore, d'animo e di corpo – un uomo esclusivamente di mare e di navi, che non conosce altro mondo all'infuori del mare, né altro campo d'azione all'infuori della nave, per esplicar virilità, ardore, coraggio, fedeltà – e amore.

Ebbi un momento squisito. Unico. Balzato dal letto camminai a lungo su e giù per la camera. Poi, nella sala da pranzo, mi comportai abbastanza compostamente, soltanto mi fu impossibile d'ingoiare checchessia.

Devo riconoscere che appena esternai il desiderio di scendere al molo a piedi anziché in vettura, il maggiordomo si diede immediatamente d'attorno per procurarmi qualche coolie. Questi partirono con tutti i miei beni terrestri (eccettuato il piccolo gruzzolo che avevo in tasca) appesi a una pertica. Il capitano Giles offrì di accompagnarmi.

Seguimmo il viale buio d'ombra, traversante l'Esplanade. Là, sotto gli alberi, faceva quasi fresco. A un certo punto il capitano Giles mi osservò con un'improvvisa risata: – Conosco uno che deve essere piuttosto contento di vedervi partire.

Pensai che intendesse il maggiordomo. Costui, negli ultimi momenti, s'era comportato verso di me in un modo particolarmente pavido, sospettoso. Senza alcuna ragione aveva tentato di giocarmi un brutto tiro, e me ne mostrai meravigliato.

– Come, non avete compreso? Voleva riservar quel posto a Hamilton. Così se ne sarebbe liberato per un pezzo.

– Dio! – esclamai, con un vago senso di umiliazione. – È mai possibile? Che idiota! Quel fannullone arrogante, borioso...? Impossibile... Eppure c'è quasi riuscito, poiché la Capitaneria doveva mandar qualcuno.

– Già, un essere come quel nostro maggiordomo può talvolta diventar pericoloso, – sentenziò il capitano Giles. Poi soggiunse nel suo solito tono sommesso: – Appunto perché è un nulla. Infatti, nessuna persona di buonsenso arrischierebbe di farsi scacciare dall'unica greppia, con grave pericolo di morir di fame, soltanto per sbarazzarsi d'un importuno. Credete che possa ricominciare? – Non lo credo – ammisi con una gran voglia di ridere di quel suo modo misteriosamente serio di mostrare le risultanze della sua saggezza, quasi fossero frutti di un'operazione illecita. – Però credo anch'io che quell'individuo deve essere matto.

Già, ma in quanto a ciò, credo che tutti in questo mondo siano un po' matti.

– Senza eccezioni? – chiesi, solo per sentir la sua risposta.

Tacque per un po', poi mi rispose in un modo molto efficace.

– Mah! Kent lo dice anche di voi.

– Davvero? – esclamai subitamente disgustato del mio ex-capitano. – Però non lo ha detto nella dichiarazione scritta che ho qui in tasca. Vi ha forse illustrato la mia pazzia con qualche esempio?

Mi spiegò in un tono conciliante, che si trattava soltanto di una frase scherzosa, detta in allusione alla mia partenza così repentina e così priva di ragioni apparenti.

Mormorai imbronciato: «Oh, la sua nave!» e allungai il passo. Egli camminò di conserva, nell'ombra fitta del viale, quasi fosse suo precipuo dovere di accompagnarmi fuori della colonia, come un ospite non desiderabile. Ansimava leggermente, cosa in un certo modo quasi commovente. Ma io non mi commossi. Al contrario. Il suo affanno mi dava una sorta di piacere malvagio.

A un certo punto rallentai e gli dissi:

– Quello che soprattutto volevo, era cambiar vita. Vi sembra una cosa così pazzesca?

Non mi rispose. Stavamo sboccando dal viale. Sul ponte, sopra il canale, una scura, irresoluta figura sembrava aspettare qualcuno o qualcosa.

Era un poliziotto malese, scalzo, in uniforme azzurra. Il filetto d'argento del suo piccolo berretto rotondo riluceva debolmente sotto la luce di un fanale. Guardò timidamente nella nostra direzione.

Prima che giungessimo alla sua altezza, egli si volse, e si mise a camminare, precedendoci verso la gettata. Questa distava di un centinaio di yards; poco di poi trovai i miei coolies accoccolati sui talloni. Avevano sempre in spalla la pertica, e, sempre legati a questa, i miei beni terrestri riposavano sul suolo, frammezzo a loro. Fin dove giungeva lo sguardo, non scorsi altra anima viva fuorché il peon poliziotto, che ci salutò.

Aveva fermato i coolies come individui sospetti, vietando loro l'accesso alla gettata. Ma a un mio cenno si affrettò a ritirare quel divieto. Le due pazienti creature si alzarono e, con un leggero grugnito, si rimisero a trotterellare sul tavolato; e allora mi disposi ad accomiatarmi dal capitano Giles che stava lì come se la sua missione volgesse al termine. E mentre esitavo in cerca d'una frase adatta, egli mi disse:

– Prevedo che avrete un bel daffare.

Chiestogli il perché, mi rispose ch'era la sua esperienza generale delle cose di questo mondo che glielo faceva prevedere. Una nave da molto tempo lontana dal suo porto di origine, con armatori inaccessibili per cavo, e l'unico uomo che potesse dar spiegazioni, morto e sepolto.

– E voi, in un certo modo, nuovo del mestiere – concluse in una sorta di tono che non ammette risposta.

– Vi prego di non insistere – gli dissi. – Son cose che conosco anche troppo bene. Vorrei che poteste infondermi una briciola della vostra esperienza, prima che me ne vada. E poiché ciò non è possibile, meglio non parlarne. Ecco appunto la lancia a vapore che m'aspetta. Ma v'assicuro che troverò pace solo quando avrò portato la mia nave in pieno Oceano Indiano.

Casualmente m'osservò che da Bankok all'Oceano Indiano c'era un tratto abbastanza lungo. E a quel mormorìo vidi, per un attimo, come alla fioca luce d'una lanterna cieca, l'ampia cintura d'isolotti e di scogliere estendentesi tra quella nave ignota e la sconfinata libertà dell'immensità acquea del globo.

Ma non provai alcuna apprensione. L'Arcipelago mi era abbastanza familiare. Con molta pazienza e molte precauzioni, avrei potuto uscire da quell'insidiosa regione di terre a brandelli, di arie deprimenti, di acque stagnanti, e portar la mia nave nella rotta dei venti regolari, che le avrebbero dato un senso di vita più ampio, più intenso. La via era lunga, ma le vie che portano al desiderio del cuore, sono sempre lunghe. Questa, però, potevo studiarla sulla carta in tutte le sue complicazioni e difficoltà, che d'altronde erano di un ordine abbastanza semplice. O si è marinaio, o non lo si è. E io non avevo il benché minimo dubbio di non esserlo.

L'unica parte che ancora non conoscessi era il Golfo di Siam. Lo confessai al capitano Giles. Non che ciò mi preoccupasse molto. Conoscevo a fondo una regione della stessa natura; avevo avuto agio di compenetrarne l'anima appunto negli ultimi mesi di quell'esistenza ora così bruscamente interrotta.

– Il Golfo... già. Un pezzo d'acqua curioso... quello – disse il capitano Giles.

Curioso, in questo caso, era un termine un po' vago. Sembrava l'osservazione di una persona prudente, cui premesse di non dir troppo.

Non volli chiedergli alcun chiarimento circa la natura di quella curiosità. Ma anche avessi voluto, non ne avrei avuto il tempo. Però, all'ultimo momento, egli mi gratificò di uno spontaneo ammonimento:

– In ogni caso tenetevi sulla parte di levante. Quella di ponente è pericolosa in questo periodo dell'anno. Non vi lasciate tentare. Non vi trovereste che guai.

Benché non riuscissi a immaginare che cosa mi potrebbe tentare ad arrischiar la mia nave sulla costa malese, lo ringraziai ugualmente del suo consiglio.

Mi strinse la mano cordialmente, e la nostra relazione terminò bruscamente con un «buona notte».

Non mi disse altro. Soltanto «buona notte». Non ricordo più quali parole intendessi dire; ma, qualunque fossero, la sorpresa me le fece ingoiare. Rimasi un po' strozzato; poi subito esclamai con una sorta di fretta nervosa:

– Oh! Buona notte, capitano Giles! Buona notte!

I suoi movimenti erano sempre deliberati, ma la sua schiena già si era allontanata d'un buon tratto sul molo deserto, quando mi riebbi abbastanza per poter seguir il suo esempio, e a mia volta allontanarmi verso la gettata.

Senonché i miei movimenti non riuscirono deliberati come i suoi. M'affrettai giù per la calata, e saltai nella lancia. Non avevo ancora raggiunto il sedile di poppa, che già la piccola, slanciata imbarcazione, filava con un gran frullo d'elica, e con sbuffi rabbiosi della sua piccola ciminiera di ottone, rilucente vagamente a mezzanave.

Poi parve che in tutto il mondo non vi fosse più altro rumore che il confuso borboglìo a poppa. La riva giaceva immersa nel silenzio del più profondo sonno. Rimasi a guardar la città che s'allontanava silente, muta, nella notte torrida, finché l'improvviso grido di «Lancia, ohè!» mi fece voltare e guardar innanzi. Eravamo accostati alla murata di un vapore bianco, spettrale. Luci brillavano sui ponti e dagli oblò. La stessa voce gridò giù:

– Avete il nostro passeggero?

– Sì, – risposi io.

L'equipaggio, evidentemente, si teneva pronto. Sentivo uomini correre sulla coperta. Il moderno spirito di fretta risuonava squillante negli ordini: «Alzate sul cavo del ferro!» «Abbassate la scala!» e nelle raccomandazioni rivolte a me: «Fate presto, signore! Abbiamo già tre ore di ritardo. Dovevamo salpare alle sette, sapete?»

Giunto sul ponte, dissi:

– No, non sapevo.

Il moderno spirito di fretta era incarnato da un individuo allampanato: braccia lunghe, gambe lunghe, barbetta grigia. La sua mano ossuta era calda e secca. Mi dichiarò febbrilmente:

– Piuttosto di aspettar altri cinque minuti, mi sarei fatto impiccare... E non c'è comandante di porto che m'avrebbe potuto trattenere.

– Questo è affar vostro, – gli dissi. – Non v'ho chiesto d'aspettarmi.

– Spero che non avrete fatto conto di trovar anche un pranzo qui – proruppe lui. – Questo, sapete, non è un albergo galleggiante. Siete il primo passeggero che mi capita di avere in vita mia, e spero che sarete l'ultimo.

Non diedi alcuna risposta a quella comunicazione inospitale; ed egli, senza attenderne alcuna, si precipitò sul suo ponte per far salpar la nave.

Nei quattro giorni in cui mi ebbe a bordo, non si dipartì mai da quell'atteggiamento semiostile. La sua nave essendo stata ritardata di tre ore per colpa mia, non poteva perdonarmi di non essere una persona più distinta. Non me lo disse in termini precisi, ma quel senso di delusione stupita trapelava continuamente dai suoi discorsi.

Era assurdo.

Ma era anche uomo di molta esperienza; quanto diverso però dal capitano Giles. Non si sarebbe molto divertito, se avessi avuto voglia di divertirmi. Ma ero come un innamorato in attesa di un convegno. L'ostilità umana mi lasciava indifferente. Pensavo alla mia nave ignota. E in tale pensiero trovavo abbastanza diletto, abbastanza tormento, abbastanza occupazione.

Ch'egli avesse compreso tale mio stato, lo dimostravano i suoi taglienti motteggi, quel suo modo di godersi le mie preoccupazioni come certi vegliardi cinici, malvagi, quando irridono ai sogni e alle illusioni della giovinezza.

Io, dal canto mio, mi astenni dal domandargli checchessia sull'aspetto della mia nave. Sapevo ch'egli doveva conoscerla almeno di vista, poiché faceva scalo a Bankok quasi ogni mese, ma non volevo esporre la nave, la mia nave, a un suo apprezzamento irriverente.

Era la persona più antipatica, l'unica veramente antipatica, con cui sia venuto a contatto. Ma allora la mia educazione era ben lungi dall'essere compiuta, benché non lo sapessi. No, non lo sapevo.

Sapevo soltanto che la mia presenza non gli tornava gradita. Perché? Probabilmente perché la sua nave era stata ritardata di tre ore per colpa mia. Chi ero io per avergli potuto cagionare impunemente un tale ritardo? A lui non era mai capitato di poter fare altrettanto. Era dunque, in fondo, una sorta di sdegno geloso.

La mia impazienza, esacerbata dal timore, divenne spasmodica. Quanto lunghe furono le giornate trascorse a bordo di quel vapore, e come presto passarono! Un mattino, di buon'ora, traversammo la barra, e, mentre il sole sorgeva, stupendo, sopra la terra piana, risalimmo le innumerevoli curve, passammo sotto l'ombra della grande pagoda dorata, e giungemmo ai sobborghi della città.

Ecco, ampiamente sciorinata da una parte e dall'altra, la capitale orientale che nessun conquistatore bianco aveva ancora soggiogata: un pelago di brune casette di bambù, di stuoie, di foglie, ispirate a uno stile prettamente vegetale, sì da sembrare naturalmente sorte dai neri argini del fiume fangoso. Il fatto che nella struttura di quelle migliaia e migliaia di abitazioni umane, non esistesse nemmeno una manciata di chiodi, può sembrare incredibile. Alcune di quelle casette di bastoni e di erbe, simili ai nidi di certi acquatici, erano come aggrappate ai bassi argini. Altre sembravano sorte dall'acqua; e molte galleggiavano, ancorate in lunghe file, nel bel mezzo della corrente. Lontano, qui e là, sopra la ressa delle brune casupole, torreggiavano alti edifici in muratura: il palazzo reale, templi fastosi e diroccati, sgretolantesi sotto i raggi verticali, terribili, micidiali, pressoché palpabili, che si sentivano entrar nel petto con l'aria attraverso le narici, e infiltrarsi nel corpo per tutti i pori.

A questo punto la ridicola vittima della gelosia dovette, per una ragione o per l'altra, far arrestar la macchina. Il vapore derivò su lentamente, sotto la spinta della marea. Insensibile a tutte le novità circostanti, passeggiai sul ponte in preda a un orgasmo febbrile, una sorta di esaltazione romantica, mista a un pratico controllo della mia nuova personalità. Poiché s'avvicinava per me il momento di assumere il comando, e di dimostrare la mia capacità nell'ultimo cimento della mia professione.

A un tratto mi sentii chiamare da quell'imbecille. M'invitava a salire sul suo ponte.

Ci tenevo poco a quell'onore, ma siccome sembrava che avesse qualcosa di particolare da dirmi, salii.

Mi mise una mano sulla spalla, volgendomi leggermente da una parte e additando qualcosa con l'altra mano.

– Là! Quella è la vostra nave, capitano.

Sentii un gran tuffo nel petto, poi più nulla, come se il mio cuore avesse cessato di battere. C'erano dieci e più navi ormeggiate lungo l'argine, e quella ch'egli m'additava era in parte nascosta dalla poppa di un'altra.

– Fra poco le saremo di fronte.

Che tono era, il suo? Beffardo? Minaccioso? O soltanto indifferente? Non avrei potuto dirlo. Tuttavia, quell'improvvisa manifestazione d'interesse da parte sua mi sembrava alquanto sospetta.

Allontanatosi, mi appoggiai sulla ringhiera del ponte e guardai giù. Non osavo alzar gli occhi. Eppure bisognava che li alzassi – era più forte di me. Credo che in quel momento tremassi.

Ma appena i miei occhi si furono posati sulla mia nave, tutti i miei timori svanirono. Dileguarono d'un subito come visioni d'incubo. Senonché queste non lasciano dietro di sé il senso di vergogna che provai allora per i miei ingiusti sospetti.

Sì, era lì. Il suo scafo e la sua attrezzatura empivano i miei occhi di una gioia immensa. Quel senso di vuoto che tanto mi aveva tormentato negli ultimi mesi, perdette ogni ragione di essere, ogni malefica influenza, si sciolse in un flusso di gioconda emozione.

Alla prima occhiata constatai ch'era una nave di alta classe, una splendida creatura per le armonie delle sue linee, per la giusta proporzione della sua alta alberatura. Qualunque fosse la sua età, il suo passato, aveva conservato le caratteristiche della sua nobile origine. Era uno di quei legni che, per virtù di disegno e di compiutezza, non invecchiano mai. Tra le sue compagne, ormeggiate alla sponda, tutte di proporzioni maggiori, sembrava una creatura di razza purissima – un purosangue arabo in una fila di vecchi cavalli da tiro.

In quella, una voce dietro di me mi disse in un malvagio tono equivoco:

– Spero che sarete contento della vostra nave, capitano.

Non volsi nemmeno il capo. Era il capitano del vapore. Qualunque cosa intendesse, qualunque cosa pensasse della mia nave, sentivo ch'essa, come alcune rarissime donne, poteva dare un purissimo piacere col solo spettacolo della propria esistenza. Ci si sente felici di vivere nello stesso mondo in cui esse esistono.

Emanava da lei quell'illusione di vita, di anima, ch'è il fascino delle opere umane più perfette.

Un'enorme catasta di legno di teek dondolava sopra un boccaporto: materia morta che sembrava più pesante, più enorme di qualunque altra cosa a bordo di essa. Quando gli uomini cominciarono a calar il carico nella stiva, mi parve che un brivido la pervadesse tutta, dalla linea d'acqua su su fino alla sottile nervatura del sartiame. Era crudele caricarla così!...

Mezz'ora dopo, mettendo per la prima volta il piede sul suo ponte, provai un senso di profonda soddisfazione fisica. Nulla è paragonabile alla pienezza di quel momento, all'ideale pienezza di quell'esperienza emotiva, sopraggiunta senza le preliminari fatiche e delusioni di un'oscura carriera.

La mia rapida occhiata la percorse tutta, l'investì, s'appropriò della sua forma per concretare l'astratto concetto del comando. Una moltitudine di particolari, percettibili solo agli occhi di un marinaio, mi colpirono sull'istante. La vidi come staccata da ogni materiale condizione di esistenza. La terra, cui era ormeggiata, non esisteva più. Che importavano tutte le terre del mondo? In tutte le parti del mondo bagnate da acque navigabili, i nostri rapporti sarebbero sempre gli stessi – e quanto più intimi di qualsiasi linguaggio! All'infuori di ciò ogni scena, ogni episodio, non sarebbero che spettacoli effimeri. La stessa squadra di coolies gialli, affaccendata sul boccaporto maggiore, aveva minor consistenza del tessuto dei miei sogni. Infatti, chi mai sognerebbe dei cinesi?...

Andai indietro, salii sul cassero di poppa, dove, sotto la tenda, gli ottoni luccicavano come sulla tolda di un yacht, tra i riflessi delle terse murate e dei cristalli delle lanterne. Diritto, in fondo, due uomini erano intenti a ripulire il meccanismo del timone, e i raggi, riverberati dal di sotto, scorrevano scherzosi sulle loro schiene curve. Proseguirono il loro lavoro senza avvertire la mia presenza, né lo sguardo quasi affettuoso che loro lanciai, avviandomi verso la cabina.

Le porte erano spalancate, la semispirale della scaletta impediva di scorgere il corridoio; sotto, qualcuno cantarellava piano piano, ma al rumore del mio passo si tacque di colpo.

CAPITOLO III

La prima cosa che vidi, fu un busto d'uomo illuminato da tergo da una porta sottostante. Mi fissava in silenzio con occhi sgranati. In una mano teneva un piatto, nell'altra uno straccio.

– Sono il vostro nuovo capitano – gli dissi tranquillamente.

In un momento, in un batter d'occhio, si liberò del piatto e dello straccio, e si precipitò ad aprire la porta della cabina. Scomparve appena ne varcai la soglia, ma solo per riapparire l'istante appresso, abbottonandosi la giacca che aveva indossato con la prontezza di un trasformista.

– Dov'è il secondo? – gli chiesi.

– Nella stiva, credo, signore. L'ho visto scendere nel boccaporto di poppa dieci minuti fa.

– Digli che sono a bordo.

La tavola di mogano, sotto lo spiraglio del soffitto, riluceva nella penombra come una nera pozza d'acqua. La credenza sormontata da un ampio specchio a cornice dorata, aveva un piano di marmo. Portava un paio di lampade argentate e alcuni altri oggetti – evidentemente una mostra da porto. I pannelli delle pareti erano di due legni diversi, combinati secondo l'ottimo gusto prevalente quando fu costruita la nave.

Mi sedetti in una poltrona, a capo della tavola – la poltrona del capitano, sopra la quale pendeva una bussola assiometrica – muto testimone d'incessanti vigilanze.

Chissà quanti avevano occupato quella poltrona! Questo pensiero mi si presentò d'un tratto, vividamente, come se ognuno dei miei predecessori avesse lasciato qualcosa della propria personalità entro quelle pareti; come se un agglomerato di anime, l'anima del comando, avesse d'un subito bisbigliato alla mia storie di lunghi giorni sul mare, di momenti d'angoscia.

– Anche tu! – sembrava dire. – Anche tu sentirai il sapore di questa pace, di questa irrequietudine, nella tormentosa intimità col tuo proprio io – oscuro come eravamo noi e come noi supremo di fronte a tutt'i venti, a tutt'i mari, nell'immensità che non riceve impronte, che non conserva ricordi, che non si cura delle vite umane.

In fondo in fondo, entro la cornice dorata, nella calda penombra trapelante dal ponte, vedevo il mio viso stretto tra le due palme. In quella perfetta obiettività della distanza, fissai soprattutto con curiosità, e forse anche con una certa simpatia, l'ultimo rappresentante di quella dinastia perpetuantesi non nel sangue, ma nell'esperienza, nell'allenamento, nella concezione del dovere, nella santa semplicità del modo tradizionale di considerare la vita.

Ebbi l'impressione che quell'individuo che mi fissava così tranquillo, e che io osservavo come mia immagine e insieme come un essere diverso, non fosse precisamente solo. Occupava un proprio posto in una schiera d'uomini ch'egli non conosceva, di cui non aveva mai sentito parlare, ma ch'erano stati foggiati dalle stesse influenze, e che nulla gli nascondevano nei confronti della comune fatica.

A un tratto m'accorsi che c'era qualcuno nella cabina, immobile, a una certa distanza, e intento a scrutarmi fissamente. Era il secondo. I suoi lunghi baffi rossi determinavano il carattere della sua fisionomia, che (strano a dirsi) mi parve pugnace in un modo spettrale.

Da quanto tempo stava lì a guardarmi, a stimarmi in quel mio inerme stato di sogni a occhi aperti? Certo sarei stato molto più sconcertato, se non avessi notato che le sfere del pendolo, riflesso giusto sopra la mia immagine, non s'erano mosse quasi affatto.

Non potevano essere trascorsi più di due minuti, diciamo tre... Dunque costui poteva avermi osservato solo per una frazione di minuto – per fortuna! Nullameno ciò mi dispiacque.

Ma nulla lasciai trapelare nell'alzarmi pigramente (dovevo alzarmi così) e nel salutarlo con perfetta cordialità.

C'era qualcosa di riluttante e insieme di vigile nel suo contegno. Si chiamava Burns. Uscimmo dalla cabina, e andammo a visitar la nave insieme. Il suo viso, nella piena luce del giorno, appariva molto logoro, smunto, quasi ebete. Per un certo senso di delicatezza, evitavo di guardarlo. Gli occhi di lui, invece, erano sempre fissi su di me, quasi vi fossero invischiati. Erano verdastri, e avevano un'aria di aspettazione.

Rispondeva alle mie domande abbastanza prontamente, tuttavia mi parve cogliere nella sua voce un tono di scontrosità. L'ufficiale, con tre o quattro uomini, era occupato avanti. Il secondo mi disse il suo nome, e, passando, gli feci un cenno col capo. Era molto giovane. Mi fece l'impressione di un novellino.

Tornati abbasso, mi sedetti all'estremità di un profondo divano semicircolare o, piuttosto, semiovale, rivestito di velluto rosso. S'estendeva per tutta l'estremità poppiera della cabina. Burns, a un mio invito, si sedette su una delle sedie girevoli, fissate attorno alla tavola, e mi tenne gli occhi addosso più insistentemente che mai, e con un'aria strana, quasi come se tutto ciò fosse una commedia, e s'aspettasse di vedermi scoppiar in una risata, battergli sulla spalla e svanire dalla cabina.

C'era in quella situazione una strana tensione che cominciava ad imbarazzarmi. Mi provai a reagire.

– Sarà un effetto della mia inesperienza – pensai.

Di fronte a quell'uomo, che giudicai di vari anni più vecchio di me, ebbi coscienza di tutto ciò che già avevo lasciato dietro di me, – la mia giovinezza. Misero conforto, poiché la giovinezza è una gran bella cosa, una forza poderosa – fin tanto che non ci si pensa. Mi sentii diventar introspettivo. Quasi mio malgrado assunsi una gravità imbronciata. E dissi:

– Constato che avete tenuto la nave in buon ordine, signor Burns.

Appena pronunciata questa frase, mi chiesi stizzito perché diavolo mai l'avessi pronunciata. Burns, per tutta risposta, batté le palpebre. Perché?

Ricaddi allora su una domanda che già avevo in mente da qualche tempo – domanda molto naturale nella mia situazione. La pronunciai (maledetta introspezione!) in un tono disinvolto, gioviale:

– Credo che possa filare... vero?

Ora, a una domanda come questa si può rispondere normalmente sia con enfasi dolorosa, sia con un orgoglio visibilmente soppresso come nel: «Non voglio vantarmi, ma vedrete». Certi marinai si sarebbero espressi un po' rudemente con un «Vecchia carcassa!» oppure avrebbero dato sfogo al loro entusiasmo, assicurando che «fila come una rondine».

Burns, invece, rispose in un modo tutto suo, che, se non altro, aveva il merito di risparmiar fiato.

Non disse nulla. Soltanto s'accigliò. Era davvero un cipiglio corrucciato. Attesi. Ma nulla venne.

– Che c'è?... Non me lo sapete dire dopo avervi trascorso quasi due anni?

Trasalì sbigottito, come se si fosse accorto solo allora della mia presenza. Ma subito gli passò. Prese un'aria di perfetta indifferenza, e disse che una nave, come un uomo, aveva bisogno di un'opportunità per mostrar quel che sa fare, e che, da quando egli si trovava a bordo, tale opportunità non si era ancora offerta a questa nave. L'ultimo capitano... – qui s'interruppe.

– Era poi davvero così disgraziato? – gli chiesi con sincera incredulità.

Egli distolse lo sguardo da me. No, il defunto capitano non era un disgraziato. Questo non lo si poteva dire. Però non aveva mostrato di voler servirsi della sua buona fortuna.

Burns – uomo di umori enigmatici – disse ciò con una faccia esanime, fissando caparbiamente la cassetta del timone di riserva. Quella dichiarazione aveva qualcosa di oscuramente suggestivo. Gli chiesi:

– Dove è morto?

– Qui, in questa cabina. Giusto dove siete seduto adesso.

Trattenni uno stolto impulso di saltar in piedi; però, nello stesso tempo, provai un certo sollievo, pensando che non era morto nel letto in cui mi toccava dormire. Osservai al secondo che quello che desideravo sapere era il luogo dove aveva sepolto il suo defunto capitano.

Mi rispose di averlo sepolto all'imbocco del golfo. Una tomba molto ampia; una risposta sufficiente. Ma, superando visibilmente qualcosa dentro di sé – qualcosa come una strana riluttanza a credere nel mio avvento (fatto irrevocabile, in ogni modo), non si fermò lì, benché, veramente, dovesse averne gran voglia.

A mo' di compromesso coi suoi segreti sentimenti, si rivolse persistentemente alla cassetta del timone, sicché sembrava soliloquiare, e alquanto inconsciamente, anche.

Narrò che alla campana delle sette, nella guardia del mattino, aveva chiamato gli uomini sul cassero di poppa, per informarli che farebbero bene a scendere abbasso e dar l'addio al capitano.

Queste parole, brontolate a malincuore, mi bastarono per evocare vividamente quella cerimonia: uomini scalzi che, a capo scoperto, si pigiano impacciati nella saletta; una piccola folla accalcata contro quella credenza, più imbarazzata che commossa; camicie aperte su petti ricotti dal sole, visi temprati dalle intemperie, e tutti rivolti verso il moribondo con la stessa espressione di gravità e di aspettazione.

– Era cosciente? – gli chiesi.

– Non ha parlato, ma ha voltato gli occhi per guardare gli uomini.

Dopo un po', Burns aveva ordinato agli uomini di uscire, trattenendo i due più anziani con l'incarico di vegliare il capitano, mentre egli salirebbe in coperta col sestante per «prendere il sole» (far il punto). Era quasi mezzogiorno, e molto gli premeva di ottenere una buona osservazione sulla latitudine. Tornato abbasso per rimettere a posto il sestante, aveva trovato i due uomini fuori, nel corridoio. La porta essendo rimasta socchiusa, aveva visto il capitano comodamente appoggiato sui guanciali. «Se n'era andato» mentre Burns «prendeva il sole». Esattamente a mezzogiorno. Non si era nemmeno mosso.

Burns sospirò, mi guardò come per dire: «Non ve ne siete ancora andato?», poi distolse i suoi pensieri dal suo nuovo capitano, per rivolgerli al vecchio che, essendo morto, non aveva più autorità, non impacciava nessuno, ed era quindi assai più alla mano.

Parlò di lui a lungo. Era uno strano tipo d'uomo: circa sessantacinque anni, grigioferro, viso duro, caparbio, taciturno. Spesso, in alto mare, metteva la nave in panna per ragioni imperscrutabili. Talvolta, di notte; saliva in coperta, faceva ammainar qualche vela, Dio sa perché, poi tornava abbasso, si chiudeva nella sua cabina, e si metteva a suonar il violino per ore – spesso anche fino all'alba. La maggior parte del suo tempo diurno e notturno lo passava col suo violino.

Un giorno Burns aveva preso il coraggio con ambo le mani, e aveva fatto delle rimostranze al capitano. Ne lui né l'ufficiale potevano chiuder occhio per via di quel violino... Se abbasso non si lasciavano dormire, come si poteva pretendere che vegliassero disopra, nelle ore di servizio? E a tali rimostranze, quell'omaccione aveva risposto che, se lui e l'ufficiale non gradivano la sua musica, non avevano che da far fagotto e da andarsene fuori bordo. Al momento in cui veniva offerta tale alternativa, la nave si trovava a seicento miglia dalla più prossima terra.

A questo punto Burns mi guardò con un'aria di curiosità! Io già cominciavo a pensare che quel mio predecessore doveva essere un vecchio notevolmente strambo.

Ma dovevo apprendere cose anche più strane. Pare che quel rude, caparbio, taciturno marinaio di sessantacinque anni, conciato da tutti i venti, da tutte le salsedini, non fosse soltanto grande artista, ma anche un grande amatore. A Haiphong, quando vi giunsero dopo lunghe peregrinazioni assurde (durante le quali la nave rischiò due volte di perdersi), egli aveva, secondo l'espressione di Burns, «amarrato» una donna. Personalmente Burns non sapeva nulla di particolare, circa questa faccenda. Però esisteva una fotografia presa a Haiphong, che egli trasse da un cassetto della credenza.

Ho potuto quindi osservare coi miei propri occhi quel sorprendente documento umano (l'ho poi buttato fuori bordo). Sedeva con le mani sulle ginocchia, spavaldo, massiccio, grigio, irsuto, ricordante in un certo qual modo un grosso cinghiale; e al suo fianco torreggiava una paurosa, matura, femmina bianca, con narici ingorde, e uno sguardo sfrontato negli occhi enormi. Era camuffata in vesti fantasiose, semiorientali. Sembrava un medium d'infimo ordine, o una di quelle indovine che «fanno le carte» per mezza corona. Eppure faceva colpo. Una vecchia ammaliatrice dei bassifondi. Fin lì nulla di strano. Quello che sgomentava era il pensiero che costei potesse rappresentare l'ultimo riflesso del mondo passionale per quella fiera anima che sembrava affacciata al viso sarcasticamente selvaggio del vecchio marinaio. Tuttavia notai che ella teneva in mano un istrumento musicale – chitarra o mandolino. Che il segreto della sua malìa stesse lì?

Per Burns quella fotografia spiegava perché la nave carica era rimasta a dondolar sull'àncora per tre settimane, nei miasmi pestilenziali di un torrido porto privo d'aria. Rimasero là ad annaspare. Il capitano, comparendo di quando in quando in brevi capatine, borbottava storie inverosimili di lettere che non arrivavano mai.

Una notte, dopo non essersi più fatto vedere per tutta una settimana, era tornato a bordo, e, coi primi albori, aveva portato la nave al largo. Alla luce del giorno apparve stravolto e malato. Impiegarono due giorni pel solo abbrivio, e, chissà come, cozzarono leggermente contro una rupe. Per fortuna non si produsse nessuna falla, e il capitano, brontolando un «non importa», informò Burns che aveva deciso di portare la nave a Hong-Kong, per consegnarla al cantiere di quel porto.

Tale notizia precipitò Burns nella più nera disperazione. Poiché, infatti, metter la prua verso Hong-Kong significava andare incontro a un fiero monsone, con un carico insufficiente nella stiva, e con una provvista d'acqua incompleta. Insomma una pazzia.

Ma il capitano ruggì perentoriamente: «Cacciatela in rotta», e Burns per quanto disperato, arrabbiato, la cacciò in rotta, e la tenne in rotta, serrando vele, tenendo pennoni, estenuando l'equipaggio – e quasi impazzì per l'assoluta convinzione che quel tentativo era impossibile e destinato a terminare in una catastrofe.

Frattanto il capitano, chiusosi in cabina e affrancatosi in un angolo della sua batté, per resistere ai sobbalzi pazzeschi della nave, suonava il violino – o comunque, continuava a fare un baccano d'inferno con quell'istrumento.

Sul ponte, quando vi compariva, restava taciturno, e non sempre rispondeva alle domande che gli venivano rivolte. Era evidente che doveva essere colpito da qualche misteriosa malattia, e che cominciava a crollare.

Poi il baccano del violino decrebbe col susseguirsi dei giorni, fino a ridursi a un fioco stridore, percettibile solo quando Burns, nella saletta, ascoltava dietro l'uscio del capitano.

Un pomeriggio, giunto ai limiti della disperazione, aveva aperto quell'uscio e, strappandosi i capelli e urlando imprecazioni orrende, aveva fatto una scenata tale da soggiogare l'indomito spirito del malato. L'acqua dolce era agli sgoccioli, e non avevano fatto ancora cinquanta miglia in quindici giorni. Impossibile raggiungere Hong-Kong: non vi arriverebbero mai.

Era come una lotta disperata contro la distruzione della nave e di tutti i suoi uomini. Questo era evidente senza bisogno di spiegazioni. Burns, perdendo ogni ritegno, s'era chinato sul capitano e gli aveva urlato nell'orecchio:

– Voi, signore, ve n'andate all'altro mondo. Ma non posso aspettare che siate morto per prendere in mano il timone. Dovete agire voi. Dovete agire subito!

– Ah sì? – ringhiò il vecchio sulla cuccetta. – Me ne vado all'altro mondo?... Davvero?

– Signorsì... non vi rimangono più che pochi giorni. Ve lo si legge in faccia.

– La mia faccia, eh?... Bene, prendete il comando e siate maledetto.

Burns si precipitò in coperta, mise la nave col vento in fil di ruota, poi nuovamente scese abbasso, composto, ma risoluto.

– Ho messo la prua verso Pulo Condor, signore. Se sarete ancora con noi, quando l'avvisteremo, mi direte in quale porto volete condurre la nave, e io ve la condurrò.

Allora il vecchio lo fulminò con un'occhiata tremenda, e gli disse le seguenti atroci parole, spiccandole in un modo spaventosamente lento:

– Se dipendesse da me, nessuno di voi tornerebbe in porto. E spero che non vi tornerete.

Burns rimase profondamente urtato. Credo che in quel momento abbia avuto realmente paura. Però, pare che sia riuscito a scoppiare in una risata tanto efficace, che il vecchio dovette aver paura. Si rattrappì e gli volse la schiena.

– E allora non aveva ancora perduto la testa – mi assicurò Burns, agitato. – Sapeva quel che diceva, e diceva sul serio!

Queste, praticamente, furono le ultime parole del capitano. Dopo non gli uscì di bocca più alcuna frase coerente. La notte seguente raccolse le sue ultime forze per buttar a mare il suo violino. Nessuno lo vide compiere tale atto, ma fatto sta che dopo la sua morte l'istrumento rimase introvabile. L'astuccio vuoto era molto in evidenza, ed era altrettanto evidente che l'istrumento non si trovava più a bordo. E dove mai poteva essere se non fuori bordo?

– Buttar a mare un violino! – esclamai stupito.

– Certo! E sono convinto che si sarebbe portato in fondo anche la nave, se questo fosse stato umanamente possibile. Non voleva che rimpatriasse. Non ha mai scritto agli armatori, e nemmeno alla sua vecchia. Aveva deciso di tagliar tutte le gomene. Ecco quel che voleva. Se ne infischiava degli affari, dei noli, dei carichi, di tutto. Voleva portar la nave in giro per il mondo, fino a perderla con tutti gli uomini.

Burns aveva infatti l'aria di uno scampato per miracolo a un grande pericolo. Ancora un po' e avrebbe esclamato: «Se non ci fossi stato io!» E il candore trasparente dei suoi occhi contrastava singolarmente con l'arroganza dei suoi baffoni, che continuava a stiracchiare, quasi li volesse tendere orizzontalmente.

Avrei certo sorriso, se non fossi stato occupato da mie proprie impressioni che nulla avevano di comune con quelle di Burns. Ero già un comandante. Quindi nessuno a bordo poteva sentire quel che sentivo io. In quella comunità rappresentavo una classe a sé, press'a poco come un monarca nel suo regno. Ero stato mandato qui per comandare, da un agenzia remota dai miei sudditi ed imperscrutabile per loro quasi quanto la Grazia Divina.

E sentendomi come un membro di dinastia, vincolato alla mia opera da un legame semimistico, rimasi profondamente scandalizzato dalla condotta del mio immediato predecessore.

Costui, salvo la diversa età, aveva avuto, per ogni cosa essenziale, una personalità identica alla mia. Eppure la fine della sua vita era stato un infame tradimento; aveva tradito una tradizione non meno imperiosa per me di qualsiasi missione concepibile. Ne conseguiva dunque che anche sui mari un uomo poteva diventar vittima degli spiriti maligni. Sentii sul mio viso l'alito delle forze ignote che foggiano le nostre sorti.

Per non prolungar troppo il silenzio, chiesi a Burns se avesse scritto alla moglie del capitano. Egli scosse il capo. Non aveva scritto a nessuno.

E si rabbuiò. Non aveva mai pensato di scrivere. Aveva abbastanza da fare a sorvegliare il carico di un matricolato *stevedore* cinese. Allora, per la prima volta, scorsi qualcosa della vera anima di secondo che, a disagio, s'agitava irrequieta nel suo corpo.

Rimase trasognato per un po', poi proruppe con nuovo orgasmo:

– Sì! È morto a mezzogiorno in punto. Nel pomeriggio ho dato un'occhiata alle sue carte. Sul tramonto ho letto il «servizio» (preghiera dei morti in mare), poi ho voltato la prua a nord, e ho portato la nave qua. L'ho – portata – qua!

E batté un pugno sulla tavola.

– Già, da sola non vi sarebbe potuta venire – gli osservai. – Ma perché non l'avete portata, invece, a Singapore?

I suoi occhi s'agitarono. Poi mormorò:

– Era il porto più vicino.

Gli avevo fatto quella domanda nel modo più casuale, ma la sua risposta (la differenza di distanza era insignificante) e il suo modo di pronunciarla, mi rivelarono la semplice verità. Aveva scelto un porto dove sperava poter essere confermato nel suo temporaneo comando per mancanza di comandanti qualificati. Avrà giustamente pensato che a Singapore tali comandanti non sarebbero mancati. Ma i suoi calcoli ingenui avevano dimenticato il cavo telegrafico, riposante sul fondo del golfo dove aveva ancorato la nave che credeva di aver salvato dalla distruzione. Di qui il sapore alquanto amaro del nostro primo colloquio. Avvertii tale sapore vieppiù distintamente – e lo trovai sempre meno di mio gusto.

– Sentite, signor Burns – cominciai molto serio. – Vi prego credere che questo comando non l'ho sollecitato. Ci sono stato spinto, e l'ho accettato. Ora sono qui anzitutto per riportar a casa la nave, e fino all'ultimo momento esigerò che ognuno faccia tutto il suo dovere. Non ho altro da dire... pel momento.

Prima che avessi terminato, era già ritto in piedi, ma invece di andarsene, rimase a guardarmi fisso, con labbra tremanti, sdegnato, come se dopo ciò non mi restasse più altro da fare che di svanire dalla sua presenza oltraggiata. Era commovente, come d'altronde lo sono tutte le emozioni di natura molto semplice. Mi fece pena – quasi quasi provai una certa simpatia per lui, finché (visto che non mi decidevo a svanire) mi disse in un tono di forzato ritegno:

– Potete star certo, signore, che, se non avessi moglie e bambini, me ne sarei andato appena avete messo piede a bordo.

– E io, signor Burns – gli risposi calmo calmo, come si trattasse d'una remota terza persona – non vi avrei lasciato andare. Vi siete impegnato a servire come secondo a bordo di questa nave, e conto che fino al termine di tale impegno adempirete al vostro ufficio, e mi farete beneficiare della vostra esperienza mettendo in opera ogni vostra abilità.

Nei suoi occhi permaneva un'incredulità dura come la pietra; ma dinanzi alla cordialità del mio atteggiamento, finì per dissolversi. Con un piccolo scatto all'insù delle braccia (in seguito ebbi occasione di rivedere molte volte quella mossa), si precipitò fuori della cabina.

Però quello scontro, per quanto innocuo, ce lo saremmo potuto benissimo risparmiare. Pochi giorni dopo fu lui che mi pregò, anzi mi supplicò di non lasciarlo a terra; e io potei dargli soltanto risposte dubbiose.

E quella vicenda che cominciava a prendere una piega veramente tragica, non era che un episodio fortuito, una semplice complicazione dell'angoscioso problema di strappar la nave – che ora era mia con ogni sua dipendenza, con tutti i suoi uomini, corpo e anima, strapparla da quel fiume pestilenziale in cui giaceva inerte, e portarla in alto mare.

Burns, mentre ancora faceva funzione di capitano, si era affrettato a contrattare e a firmare varie polizze d'imbarco che, forse, in un mondo ideale, privo di frodi e d'inganni, sarebbero stati ottimi documenti, perfettamente in regola. Quando le vidi, pensai subito che dovevano cagionarci noie non indifferenti, a meno che le altre parti contraenti non fossero animate da uno spirito particolarmente leale e accomodante.

Burns, quando gli feci parte di tali miei timori, subito s'adombrò. Mi fissò col solito sguardo incredulo, e amaramente mi disse:

– Spero, signore, che con ciò non vorrete dire che abbia agito con la testa nel sacco!

Con la mia sistematica affabilità, che ogni volta sembrava accrescere la sua sorpresa, gli assicurai che nulla intendevo dire. Questo lo deciderebbe l'avvenire.

Infatti l'avvenire non poté esserci più prodigo di noie. Ci furono giorni in cui ricordai il capitano Giles con un sentimento molto simile all'odio. Era stato il suo maledetto acume a cacciarmi in quell'impresa; e come s'avverava la sua profezia che avrei avuto «un bel daffare», sembrava davvero un brutto scherzo che avesse giocato alla mia giovane innocenza.

Sì, avevo davvero un bel daffare con tutte le complicazioni che, considerate come «esperienze» non avrebbero potuto essere meglio scelte. In genere, tutti hanno una grande opinione dei vantaggi dell'esperienza. Ma in realtà, ogni esperienza comporta sempre qualcosa di sgradevole, di nocivo, all'incanto e all'innocenza delle illusioni.

Devo riconoscere che stavo perdendo le mie molto rapidamente. In quanto a quelle istruttive complicazioni, mi basti dire per ora ch'esse si possono riassumere tutte nella parola «Ritardo».

La generazione che ha inventato il proverbio «il tempo è denaro», ben comprenderà la mia esasperazione. La parola « Ritardi» s'insinuò nei più segreti recessi del mio cervello, vi risuonò come una campana impazzita, assordante, mi sconvolse tutti i sensi, si rivestì di nero, prese un sapore amarissimo e un significato macabro.

– Mi fa pena vedervi così seccato. Davvero mi fa...

Queste erano le sole parole umane che udissi allora. E mi venivano rivolte da un dottore; cosa d'altronde assai appropriata.

Un dottore è umano per definizione. Ma costui lo era anche in realtà. Quelle parole non me le diceva per dovere professionale. Io non ero malato. Ma altri lo erano, ed egli veniva a bordo appunto per visitarli.

Era il dottore della nostra Legazione, e quindi, anche del nostro Consolato. Veniva a ispezionare la salute di bordo, su per giù assai misera, vacillante, sul punto di crollare. Sì, l'equipaggio andava di male in peggio. Perciò il tempo non era soltanto denaro, ma anche vita.

Non ricordo di aver mai visto un equipaggio così valoroso. A tal riguardo il dottore mi osservò: «Mi sembra che abbiate qui una banda molto rispettabile di veri marinai». Infatti, non solo erano sorprendentemente sobri, ma non volevano nemmeno scendere a terra. Avevo cura di esporli il meno possibile al sole. Li occupavo con lavori leggeri sotto le tende, e l'umano dottore non mancò di approvarmi:

– Le vostre disposizioni mi sembrano molto giudiziose, caro capitano.

Impossibile esprimere quanto conforto mi diedero queste parole. La faccia tonda, piena, del dottore, incorniciata da basette tenuamente bionde, era una perfezione di dignitosa bonarietà. Era l'unico essere umano che in tutto il mondo sembrasse prendere qualche interesse alla mia persona. Solitamente, dopo le sue visite, si fermava a discorrere per una buona mezz'ora in saletta.

Un giorno gli dissi:

– Credo che per ora non ci sia altro da fare che curarli come fate voi, aspettando che possa mandare la nave al largo.

Egli chinò il capo, chiuse gli occhi dietro gli enormi occhiali, e mormorò:

– Al largo... senza dubbio.

Il primo uomo dell'equipaggio messo fuori combattimento, fu il maggiordomo – il primo cui avevo rivolto la parola a bordo. Portato a terra (con sintomi di colera) vi morì alla fine della settimana. Poi, quando ancora ero sotto l'impressione di quel primo colpo letale del clima, Burns si mise a letto senza dir parola a nessuno, con una febbre da cavallo.

Credo che la salute se la sia guastata lui; il clima poi avrà fatto il resto con la prontezza di un mostro invisibile, guatante nell'aria e nella nera fanghiglia delle rive. Burns era una vittima predestinata.

Lo trovai sdraiato supino, lo sguardo fisso, cupo, e irradiante calore attorno a sé come una piccola fornace. Rispose a mala pena alle mie domande; continuava a brontolare:

– Stiamo a vedere che ora non ci si possa neanche più concedere un pomeriggio di riposo... per una volta.

Quella sera, stando in saletta dopo cena, l'udii brontolare continuamente nella sua cabina. Ransome che stava sparecchiando mi disse:

– Temo, signore, di non poter dare al secondo tutte le cure di cui abbisogna. Gran parte del mio tempo devo passarlo all'avanti, in cucina.

Ransome era il cuoco. Il secondo me lo aveva indicato il primo giorno, mentre sul ponte, con le braccia incrociate sull'ampio petto, guardava il fiume.

Anche visto da una certa distanza, la sua statura ben proporzionata, con qualcosa di prettamente marinaresco nel portamento, colpiva. E visto da presso, i suoi occhi intelligenti, tranquilli, il suo viso ben modellato, la disciplinata libertà delle sue maniere, facevano di lui una persona attraente. Sicché, quando poi Burns mi disse ch'egli era il miglior marinaio a bordo, mi mostrai alquanto sorpreso che si fosse imbarcato come cuoco.

– È per il cuore – mi spiegò Burns. – Uno sforzo potrebbe farlo morir di colpo.

E questi era l'unico che il clima non avesse ancora intaccato – forse perché, portando un pericolo mortale nel petto, si era da tempo allenato a un sistematico controllo di tutti i suoi atti e sensazioni. Per chi conoscesse il suo segreto, tale controllo era molto palese. Dopo la morte del povero maggiordomo, e siccome questi non poteva essere sostituito da un bianco in questo porto orientale, Ransome s'offrì a lavorar per due.

– Posso farlo benissimo quel lavoro, signore. Basta che lo faccia con calma.

Ma ora, naturalmente, non si poteva pretendere che facesse anche l'infermiere. Inoltre il dottore ordinò in modo perentorio che Burns fosse sbarcato.

Tra due marinai che lo reggevano, il secondo comparve sul ponte più cupo che mai. Lo accomodammo nella barella con molti cuscini, e allora, con uno sforzo, mi disse:

– Ora... sarete contento... ora che... me ne vado.

– Non vi siete mai sbagliato quanto adesso, signor Burns – gli dissi tranquillo e sorridendogli.

Poi la lancia si mosse verso una specie di sanatorio, un padiglione in muratura che il dottore possedeva presso la propria dimora.

Ivi lo visitai molto regolarmente. Dopo i primi giorni, durante i quali non riconosceva nessuno, mi accolse come uno che volesse beffarsi di un nemico vinto, oppure cercasse di farsi perdonar molti torti. Ora in un modo, ora nell'altro, secondo gli umori della sua fantasia malata. E riusciva a ostentare tali sentimenti anche quando era troppo debole per parlare. E io, naturalmente, lo ricambiavo con la mia invariabile affabilità.

Poi un giorno, d'un subito, tutti quei sentimenti pazzeschi furono spazzati da un improvviso accesso di terror panico.

Se lo abbandonavo su quella terra micidiale, sarebbe certamente morto. Lo sentiva; era assolutamente sicuro. Ma non potevo aver il cuore di abbandonarlo così. Egli aveva moglie e bambini a Sydney.

Trasse da sotto il lenzuolo che lo copriva un avambraccio scheletrico, e si afferrò convulsamente le scarnite mascelle. Morirebbe! Morirebbe qui!...

Con uno sforzo sovrumano riuscì veramente a mettersi a sedere: rimase seduto un attimo, poi ricadde supino; e davvero credetti che sarebbe spirato lì, sotto i miei occhi. Chiamai l'infermiere bengalese, e mi precipitai fuori dalla camera.

L'indomani mi sconvolse tutto, rinnovando l'atroce scena. Potei dargli solo risposte evasive, e lo lasciai in preda alla più nera disperazione. Il giorno appresso entrai con riluttanza, ed egli subito m'investì con voce molto più forte, e con una copia d'argomenti addirittura stupefacente. Mi rappresentò il suo caso con un vigore pazzesco, e infine mi chiese se volevo aver sulla coscienza una vita umana. Volle assolutamente che gli promettessi di non salpar senza di lui.

Gli dissi che, prima di decidere, dovevo consultare il dottore. Cacciò urla disperate. Il dottore! No, no! Sarebbe la sua sentenza di morte.

Quello sforzo lo esaurì. Chiuse gli occhi, ma continuò a farneticare sottovoce. Costui mi era stato sempre odioso. Anche il mio predecessore lo aveva odiato. Si era augurato di vederlo morto. Ma anche avrebbe voluto veder morti tutti gli altri...

– Che credete di poter fare con quella perfida carogna? Avrete la peggio anche voi – concluse strizzando gli occhi quasi vitrei.

– Signor Burns! – gridai allora, molto scomposto. – Che cosa intendete dire?

– Non lo so – rispose languidamente. – Ma vi raccomando di non dar retta al dottore. Noi due siamo marinai. Non gli domandate nulla, signore. Un giorno forse anche voi avrete moglie e bambini.

E di nuovo m'implorò di non lasciarlo a terra. Dapprima mi ero ben deciso a non promettergli nulla. Poi tale risoluzione mi parve criminale. Quell'uomo prostrato, con appena forze bastanti per respirare, e così sconvolto dalla paura, era davvero irresistibile. Inoltre aveva trovato un argomento molto efficace. Noi due eravamo marinai. Questa era una giusta rivendicazione, poiché non avevo altra famiglia all'infuori della gente di mare. In quanto all'eventuale moglie e bambini, questo era un argomento di nessun valore. Mi pareva soltanto bizzarro.

Non potevo concepire una situazione più drammatica di quella nave e di quegli uomini trattenuti su quel fiume da stupide complicazioni commerciali, come in una trappola mortale.

Vedevo una sola via di scampo: quella che conduceva all'alto mare. Il mare – puro, sicuro, buono. Tre giorni ancora.

Questo pensiero mi confortò e mi sostenne fino a bordo. Nella saletta m'accolse la voce del dottore, cui fece seguito l'ampia statura sbucante dal gabinetto attiguo che conteneva la farmacia di bordo.

Mi disse che, aspettando il mio ritorno, aveva pensato di dare un'occhiata alla provvista di farmaceutici. Tutto era completo e in buon ordine.

Lo ringraziai. Volevo appunto chiedergli di far tale ispezione, poiché, fra un paio di giorni, come sapeva, avremmo fatto vela verso l'alto mare, dove, se Dio vuole, tutti i nostri malanni cesserebbero.

Egli ascoltò grave, e nulla rispose. Ma quando gli partecipai le mie intenzioni riguardo a Burns, egli mi si sedette accanto e, ponendomi familiarmente una mano su un ginocchio, mi esortò di ben ponderare il pericolo cui m'esponevo.

A quel disgraziato, secondo lui, restavano giusto abbastanza forze per essere riportato a bordo, ma nulla più. Non avrebbe potuto resistere a una recrudescenza di febbre. Avevo dinanzi a me una crociera di sessanta giorni, a dir poco, che cominciava con una navigazione difficile, intricata, per finire molto probabilmente con un lungo periodo di maltempo. Potevo io sensatamente affrontar tutto ciò con le mie sole mani, senza secondo, con solo un ufficiale che, per giunta, era molto giovane?...

Avrebbe anche potuto soggiungere che questo era il mio primo comando. Molto probabilmente lo avrà pensato, poiché, a un certo punto, mi parve che si trattenesse.

Mi raccomandò vivamente di telegrafare a Singapore per avere un secondo, anche a costo di ritardar la mia partenza di un'altra settimana.

– Non un giorno – gli dissi.

Il solo pensiero di un ulteriore ritardo mi faceva raccapricciare. Gli uomini sembravano ancora abbastanza idonei, tutti; bisognava dunque portarli in salvo senza indugio. Una volta in mare, non avrei più avuto paura di affrontar checchessia. Il mare era per ora l'unica via di scampo.

Gli occhiali del dottore mi frugarono come due fari, quasi per sincerarsi dell'autenticità della mia risoluzione. Aprì bocca come per argomentare ancora, ma subito la richiuse senza dir nulla. Vedevo in quel momento il povero Burns così vividamente, prostrato, impotente, disperato, che ne rimasi assai più commosso di poco prima, quando lo avevo visto nella sua triste realtà. Era come spoglio di tutti i tratti antipatici della sua personalità, come sublimato, e non vi potei resistere.

– Sentite – dissi al dottore – a meno che non mi diciate ufficialmente che quell'uomo non può essere trasportato, darò ordine per farlo riportare a bordo domattina; e la mattina dopo farò salpare, anche a costo di dover ancorare di là dalla barra, e aspettar un paio di giorni prima di poter giungere in mare.

– Oh, a questo ci penserò io. V'ho parlato così soltanto come amico, per il vostro bene.

S'alzò con la sua dignitosa semplicità, e mi diede una stretta cordiale, quasi solenne. Così almeno mi parve. Poi agì, come aveva detto, e con la stessa bontà che soleva mettere nelle parole. Ricomparve sul ponte di fianco alla barella di Burns. L'unica modificazione apportata al programma consistette nel rinvio del trasporto all'ultimissimo momento del mattino della partenza.

Il sole era sorto appena da un'ora. Sulla riva il dottore agitò il suo grosso braccio, poi subito s'avviò verso il suo biroccino che l'aveva seguito vuoto. Burns, passando attraverso il cassero, sembrava morto. Ransome scese abbasso per accomodarlo nella cuccetta. Io dovetti restar in coperta, per badar alla nave, poiché il nostro rimorchiatore già s'era impossessato del nostro cavo.

Lo «splasc» delle gomene d'ormeggio cadenti in acqua mi cambiò di colpo l'umore. Era qualcosa come quel sollievo semicosciente che si prova nell'uscire da un incubo. Ma poi, quando la nave, scendendo il fiume, s'allontanò da quella città orientale e squallida, quel tanto sospirato momento non mi diede la gioia prevista. Provai soltanto un gran rilassamento, che si traduceva in un senso di stanchezza, come quella che segue una lotta ingloriosa.

Verso mezzogiorno gettammo l'àncora a un miglio di là dalla barra. Fu un pomeriggio di lavoro intenso per tutte le mani. Seguendo il lavoro a poppa, dove rimasi fino a sera, vi scoprii tracce evidenti del languore generato da quelle sei settimane di soggiorno nella torrida caldura del fiume. Certo la prima brezza spazzerebbe tutto. Ma ora la calma era completa. In quanto all'ufficiale – un giovanotto grezzo grezzo e poco promettente – giudicai che, per non dir altro, non era di quella stoffa inestimabile di cui deve essere fatta la destra d'un comandante. Per contro fui felice di cogliere, lungo il ponte di manovra, qualche sorriso sui volti di quei marinai che, finora, non avevo ancora avuto tempo di ben conoscere. Buttato il carico mortifero degli affari di terra, mi ritrovavo tra costoro familiare e insieme straniero, come uno che tornasse tra la sua gente, dopo aver vagato a lungo per il mondo.

Ransome passava continuamente sul ponte, facendo la spola tra la cucina e la cabina. Faceva piacere a guardarlo. Aveva una vera grazia innata. Era l'unico di tutto l'equipaggio che non avesse sofferto un sol giorno di malattia, durante la permanenza nel porto. Ora che conoscevo il latente pericolo del suo cuore, potevo notare il ritegno sempre vigile con cui frenava la naturale agilità marinara dei suoi movimenti. Era come se portasse indosso qualcosa di molto fragile, di molto esplosivo, e che ne fosse sempre cosciente.

Ebbi l'occasione di rivolgergli la parola una o due volte. Mi rispose con una voce calma, tranquilla, e con un sorrisetto spiritoso. Burns sembrava riposare. Sembrava trovarsi a suo bell'agio.

Tornato sul ponte dopo il tramonto, lo trovai deserto e silente. La sottile crosta informe della riva, non era più percettibile. Le tenebre erano sorte tutt'attorno alla nave, come una misteriosa emanazione di quelle torbide acque solitarie. Mi sporsi dalla murata e tesi l'orecchio alle ombre della notte. Non un suono. Era come mi fossi trovato a comandare su un pianeta vorticante in uno spazio di silenzio infinito.

M'abbrancai alla murata come se il mio senso d'equilibrio m'abbandonasse per davvero. Assurdo! Nervosamente gridai:

– In coperta, ohé!

L'immediato «signorsì» ruppe l'incanto. La guardia all'àncora s'inerpicò agile sul cassero di poppa. Gli raccomandai di avvertirmi immediatamente al primo indizio di brezza.

Tornando in cabina, gettai un'occhiata a Burns. Non potei farne a meno, dato che la sua porta era spalancata. Quel disgraziato era così scarnito, emaciato, che in quella cabina bianca bianca, sotto il bianco lenzuolo, col capo rimpicciolito immerso nel bianco guanciale, i suoi rossi baffoni attiravano, soli, lo sguardo, come qualcosa di artificiale – un paio di baffi posticci in mostra alla luce cruda di una vetrina.

Mentre così l'osservavo con quasi un senso di meraviglia, egli si fece vivo aprendo gli occhi, e riuscendo perfino a volgerli su di me.

– Siamo in panna, signor Burns – gli dissi rassegnato.

Allora egli si mise a farneticar in un tono singolarmente distinto. Era inoltre un tono molto strano, ma non per effetto della malattia: per una causa diversa. Aveva una risonanza irreale. E in quanto alle parole, mi parve comprendere che tutto ciò fosse colpa del «vecchio» (il defunto capitano) in agguato laggiù, in fondo al mare, con intenzioni tutt'altro che rassicuranti. Insomma una storia dell'altro mondo.

Rimasi lì ad ascoltare finché ebbe terminato, poi entrai e gli posi la mano sulla fronte. Era fresco. Vaneggiava soltanto per effetto dell'estremo esaurimento. D'un tratto parve avvertire la mia presenza, e con la sua voce normale – naturalmente molto fioca – mi chiese ansioso:

– Non c'è proprio mezzo di prendere il largo?

– Che ci servirebbe staccarci per andare alla deriva?

Sospirò, e allora me n'andai, lasciandolo perfettamente immobile. Il vigore della sua vita non era più forte di quello della sua ragione. La mole delle responsabilità incombenti su di me solo parve schiacciarmi. Entrai nella mia cabina per trovare un po' di conforto in qualche ora di sonno, ma quasi prima ancora che chiudessi occhio, la guardia all'àncora venne a segnalarmi una leggera brezza. Abbastanza per tirare avanti, mi disse.

Realmente bastava appena appena. Ordinai di por mano ai verricelli e di bordar tutto. Ma appena gli uomini si furono messi al lavoro, il vento cadde: non sentii più un alito. Nullameno feci tendere tutta la tela disponibile. Non volli rinunciar al tentativo.

CAPITOLO IV

Con l'àncora in poppa, e tutta ravvolta di tela fin sulle murate, la mia nave restava immobile come quei modelli che riflettono le loro minuscole attrezzature sul lucido marmo. Impossibile distinguere una linea di demarcazione tra terra e acqua, nell'enigmatico sopore delle immense forze del mondo. D'un tratto persi la pazienza.

– Non risponde al timone? – chiesi in tono irritato all'uomo, le cui grosse mani nere, abbrancanti i razzi della ruota, spiccavano vividamente illuminate in mezzo alle tenebre circostanti, quasi a simboleggiar la volontà umana in conflitto con la propria sorte.

– Sì, signore. Ma molto lentamente.

– Lasciala virare finché la prua sarà a sud.

– Sì, signore.

Camminai su e giù sul cassero. Non s'udiva il più piccolo rumore, fuorché quello del mio passo.

– Ora è a sud, signore.

Sul punto di pronunciar il mio primo comando di rotta, in quella notte greve di silenzio, satura di umidità, e scintillante di stelle, provai come una stretta al petto.

C'era qualcosa di definitivo in quell'atto: l'inizio dell'incessante vigilanza della mia opera solitaria.

– Tienila ferma. Rotta a sud.

– Sì, signore. A sud.

Mandai abbasso a chiamar l'ufficiale e la sua guardia, poi, continuando a passeggiare sul ponte, trascorsi le ore fresche, grevi di sonno, che precedono l'alba.

Leggere folate venivano e dileguavano, e quando, per avventura, erano forti abbastanza per sospingere la nave, il gorgoglìo dell'acqua nera contro le murate mi passava attraverso il cuore in un dolce crescendo di gioia, che subito svaniva. Ero stanco, scorato. Anche le stelle sembravano stanche di aspettar l'alba. Questa giunse infine, con una luce color madreperla nello zenit, quale non avevo ancora mai visto nei tropici: una luce senza splendore, quasi grigia, ricordante stranamente quella delle grandi altitudini.

Una vedetta mi gridò dall'avanti:

– Terra a babordo, signore!

– Bene.

Rimasi appoggiato sulla murata, senza mai sollevar nemmeno lo sguardo. Il progresso della nave era impercettibile. A un certo punto arrivò Ransome col caffè del mattino. Quando l'ebbi bevuto, mi guardai attorno, e allora, nella silente luce arancione vividissima, vidi la terra profilarsi piatta piatta, come ritagliata da un foglio di carta nera, e galleggiante sull'acqua come sughero. Ma presto il sole sorgente la ravvolse di fosche brume: un'ombra dubbia, massiccia, tremula sotto i raggi roventi.

La guardia terminò il servizio lavando i ponti. Scesi abbasso e mi fermai davanti alla porta di Burns (non voleva assolutamente che la si chiudesse); ma esitai a parlargli finché lo vidi aprir gli occhi. Allora gli diedi notizie.

– Avvistato Capo Liant all'alba. Distante una quindicina di miglia.

Mosse le labbra, ma non udii alcun suono. Mi chinai su di lui, e allora colsi questo laconico commento:

– Peggio delle lumache... Non abbiamo fortuna.

– Sempre meglio che star in panna – gli osservai rassegnato, e l'abbandonai ai pensieri e alle fisime che ossessionavano la sua estrema prostrazione.

Più tardi, quella stessa mattina, quando fui rilevato dall'ufficiale, mi buttai sulla mia cuccetta e per quasi tre ore riuscii a dimenticar tutto. Fu un oblìo così perfetto che, quando mi svegliai, mi chiesi dove fossi. Poi provai un sollievo immenso: a bordo della mia nave! In mare! In mare!

Guardando dall'oblò, scorsi un terso orizzonte incandescente di sole. L'orizzonte di una giornata senza vento. Ma per il momento la sua estensione bastò a darmi il senso dello scampato pericolo, la gioia della libertà. Entrai nella saletta col cuor leggero, come più non lo avevo da molti giorni. Presso la credenza, Ransome stava apparecchiando la tavola pel primo pasto del tragitto. Volse il capo e qualcosa nei suoi occhi subito soffocò la mia piccola gioia.

– Che c'è? – gli chiesi d'istinto, mai più immaginando la sua risposta. La quale fu pronunciata con la contenuta serenità ch'era il tratto più caratteristico di quell'uomo.

– Temo, signore, che tutti i malanni non siano rimasti a terra.

– Davvero? Perché?

Allora m'informò che due nostri uomini, durante la notte, erano stati colti assai gravemente dalla febbre. Uno bruciava, e l'altro tremava; però egli credeva che la causa dovesse essere uguale per entrambi. Fui dello stesso avviso. Tuttavia quella notizia mi impressionò.

– Uno brucia e l'altro trema, hai detto? No, non li abbiamo lasciati a terra i malanni. Han l'aria di star molto male?

– Piuttosto, signore.

Mi guardava negli occhi. Ci sorridemmo a vicenda: lui con una punta di malizia, come al solito; io, senza dubbio, con una smorfia abbastanza truce per riflettere la mia segreta esasperazione. Gli chiesi:

– C'è stato vento in mattinata?

– Non credo, signore. Però ci siamo mossi lo stesso. La terra sembra un po' più vicina.

Giusto: un po' più vicina. Invece, se soltanto avessimo avuto un tantino più di vento, un alito di più, avremmo doppiato il capo e aumentato la nostra distanza da quella terra intossicata. E non soltanto ciò. Mi sembrava che una brezza un po' più forte avrebbe anche spazzato tutti i miasmi rimasti attaccati alla nave. Che questi vi siano rimasti attaccati, era indiscutibile. Due uomini colpiti! Uno bruciante e l'altro tremante. Al pensiero di far loro una visita, provai una vera riluttanza. A che pro? Il veleno è veleno. La febbre tropicale è quello che è. Ma il fatto che avesse allungato i suoi artigli dietro di noi, mi sembrava una licenza straordinaria, esorbitante. E, in fondo, non potevo credere che fosse altro che l'ultimo disperato tentativo di nuocere da parte del male che sfuggivamo, prendendo il largo nel puro alito del mare! Se soltanto quell'alito fosse stato un tantino più forte! A ogni modo c'era il chinino per la febbre. Entrai nel gabinetto dei farmaceutici, e aprii il cassone con la stessa fiducia come se fosse stato ripieno di virtù magiche. La parte superiore era occupata da una collezione di bottiglie, tutte prismatiche e identiche come tanti piselli. Sotto a quell'ordinata schiera c'erano due cassetti pieni zeppi d'oggetti svariati. – Pacchi di cotone, di garze, scatole ufficialmente sigillate ecc. Quello inferiore conteneva inoltre in uno dei suoi scomparti, la nostra provvista di chinino.

Questa consisteva in cinque barattoli tutti della stessa dimensione. Uno era mezzo vuoto. Gli altri quattro erano ancora ravvolti in carta pergamena, e debitamente sigillati. Però non mi aspettavo di trovare una busta su di esse: una busta quadra, proveniente dalla cancelleria di bordo.

Era stata collocata bene in vista. La presi, la rivoltai, e vidi ch'era indirizzata a me. Conteneva un foglietto da taccuino, che spiegai con l'impressione che si trattasse di qualcosa di molto strano, ma senza l'agitazione che si prova nei sogni, quando capitano cose straordinarie.

Cominciai a leggere «Caro Capitano», poi subito corsi alla firma. Era stato il dottore. La data era di quel giorno in cui, tornando dall'ospedale, l'avevo visto uscire da quel gabinetto, dove mi disse di aver ispezionato la mia provvista di farmaceutici. Che strano! Benché s'aspettasse vedermi tornar da un momento all'altro, s'era divertito a scrivermi quel biglietto che poi, sentendomi entrare, aveva cacciato in un cassetto interno del cassone. Procedimento quasi incredibile. Stupito, lessi il contenuto.

In una grande scrittura frettolosa, ma leggibile, quel buon dottore tanto simpatico, forse per gentilezza, forse per un irresistibile desiderio di esprimere la sua opinione senza nuocere alle mie speranze di allora, mi raccomandava di non troppo fidare sui benefici effetti dell'aria marina. «Non volevo caricarvi di altre preoccupazioni. Temo però che, dal punto di vista sanitario, possiate aver nuove sorprese anche dopo aver preso il largo». Insomma prevedeva un ritorno di febbri tropicali. Per fortuna ero munito di una buona provvista di chinino. Dovevo confidare in essa, e somministrarla continuamente senza mai disperare.

Appallottolai la lettera, e me la cacciai in tasca. Ransome portò due forti dosi ai malati. Pel momento non avevo più voglia di mangiare, e, invece di mettermi a tavola, andai a comunicar la novità a Burns.

Impossibile descrivere l'effetto ch'essa gli fece. Dapprima lo credetti ammutolito. Il suo capo era sprofondato nei guanciali. Però muoveva abbastanza le labbra per assicurarmi che diventava vieppiù forte; cosa che faceva a pugni col suo dispetto.

Nel pomeriggio tornai a far guardia di sopra. Un gran silenzio ardente ravvolgeva la nave, tenendola immobile in un fiammeggiante mondo composto di due tinte d'azzurro. Di quando in quando una calda folata snervante cadeva, rabbattuta dalle vele. Eppure la nave si muoveva. Doveva essersi mossa, poiché al tramonto il Capo Liant era doppiato e già lontano dietro di noi: un'ombra che si ritraeva impercettibilmente negli ultimi bagliori del crepuscolo.

La sera, sotto la cruda luce della lampadina elettrica, Burns mi parve «più a galla» nel suo letto, come se una mano opprimente lo avesse abbandonato. Rispose alle mie poche domande con parole relativamente copiose e connesse. Era evidente che la sua personalità normale si sforzava di riapparire. Mi disse che se riusciva a scampare a quella caldura stagnante, certo sarebbe stato presto in grado di tornar in coperta e di secondarmi.

Mentre così parlava, temevo che quello sforzo di energia lo facesse trapassare sotto ai miei occhi. Però dovetti riconoscere che quella sua energia aveva qualcosa di confortante. Gli risposi in modo adeguato, pur facendogli osservare che l'unica cosa che veramente ci potesse aiutare, era il vento – un buon vento.

Agitò il capo sul guanciale con un fare d'impazienza, e si mise a borbottare, in un modo tutt'altro che confortante, che il «vecchio» era stato sepolto a 8° 20' di latitudine, giusto sulla nostra rotta... in agguato all'imbocco del Golfo.

– Come, pensate ancora al povero capitano di prima? I morti, sapete bene, non serbano rancore. Se ne devono infischiare dei vivi.

– Ma quello non l'avete conosciuto – sospirò Burns con voce fioca fioca.

– Infatti, non l'ho conosciuto, e nemmeno lui m'ha conosciuto. Non può dunque volermi nuocere.

– Già, ma ci sono tutti gli altri a bordo, compreso me.

Sentii la roccaforte del buonsenso comune seriamente minacciata da quel genere di discorso. E gli dissi:

– Non dovete parlare tanto. Vi stanca troppo.

– E soprattutto c'è la nave – continuò lui con un bisbiglio appena intelligibile.

– Basta, non una parola di più – gli dissi avvicinandomi al capezzale e poggiando una mano sulla sua fresca fronte. Compresi che quelle atroci assurdità erano radicate nella sua anima, non nel suo corpo malato. La febbre sembrava aver distrutto in lui ogni forza fisica e cerebrale, fuorché quell'unica idea fissa.

Nei giorni seguenti ebbi cura di non più dargli opportunità di attaccar discorso. Passando davanti all'uscio, facevo capolino per gettargli una parola di conforto. Credo che, se ne avesse avuto la forza, mi avrebbe richiamato più di una volta. Ma quella forza non l'aveva. Però, un pomeriggio, Ransome m'osservò che il secondo «stava rifacendosi in un modo straordinario».

– Dice ancora delle bestialità? – gli chiesi casualmente.

– No, signore, – mi rispose Ransome alquanto stupito; ma dopo una breve pausa soggiunse calmo calmo: – Stamane, signore, m'ha detto che molto gli spiaceva d'aver sepolto il capitano di prima sulla rotta della nave, fuori del Golfo.

– Non ti par cretino abbastanza? – chiesi, guardando fidente quel viso intelligente, calmo, sul quale la segreta minaccia del cuore sembrava aver disteso un trasparente velo di precauzione.

Non sapeva che dire. Non si era indugiato a riflettere su quelle parole. E abbozzando il suo solito sorrisetto, se n'andò ad accudire alle sue incessanti faccende, con la sua solita contenuta attività.

Altri due giorni passarono. Eravamo avanzati un po' – quasi impercettibilmente – nella zona più ampia del Golfo di Siam. Pur aggrappandomi disperatamente alla gioia di comandare, sentivo, sotto sotto, la poco gradevole impressione di dover finire per pagar caro quel comando cascatomi in grembo grazie alla singolare intromissione del capitano Giles. Avevo inventariato secondo un criterio prettamente professionale tutte le probabilità favorevoli e contrarie. In quanto a ciò ero pienamente competente. O almeno credevo di esserlo. – Avevo delle mie capacità il concetto di coloro che seguono con amore una loro vera vocazione. E mi sembrava il concetto più naturale di questo mondo. Quanto è naturale il respirare. Mi sembrava impossibile poter vivere senza di esso.

Non so che cosa esattamente mi aspettassi. Forse soltanto quella particolare intensità di esistenza ch'è la quintessenza delle aspirazioni giovanili. Però certo non m'aspettavo d'incontrar uragani. Sapevo benissimo che nel Golfo di Siam non ci sono uragani. E nemmeno mi aspettavo di trovarmi, con mani e piedi legati, in una panna che si prolungava inesorabile giorno per giorno.

Non che restassimo del tutto immobili. Misteriose correnti ci facevano derivare ora da una banda, ora dall'altra, con una persistenza che si rivelava col mutar dell'aspetto degli isolotti disseminati lungo la costa orientale del Golfo. E c'erano anche ventate – propizie e fallaci. Ridestavano le speranze solo per precipitarle nella più amara delusione: promettevano di farci avanzare, per poi farci soltanto perdere terreno: dileguavano in sospiri, morivano nell'assoluta immobilità dell'aria, che dava buon gioco alle correnti – alle perfide correnti.

L'isola di Koh-ring, una gran rupe nera sovrastante una moltitudine di minuscoli isolotti sparsi attorno sull'acqua vitrea, come un gran tritone tra tanti chiozzi, sembrava il centro di quel cerchio fatale. Sembrava impossibile potersene staccare. Era sempre in vista, giorno per giorno. Dileguava nel breve crepuscolo tropicale, come per non ricomparire mai più. Vana speranza. Di notte i venticelli perversi annullavano sistematicamente i piccoli progressi fortuiti, e il sole sorgente faceva scaturire la nera sagoma del Koh-ring, più brulla, più inospitale, più truce che mai.

– Parola mia, par veramente d'essere stregati – dissi una volta a Burns, dalla mia solita posizione sulla soglia.

Si era messo a sedere sul letto. Tornava a gran passi verso il mondo dei vivi, però ancora non si poteva dire che vi fosse tornato. Annuì col suo fragile capo scarno, in un saggio, misterioso assenso.

– Già, già. So che cosa intendete – gli dissi. – Però non vorrete farmi credere che un morto abbia il potere di sgangherar tutta la meteorologia di questa parte del mondo. Potrò riconoscere tutt'al più che questa sembra alquanto sconquassata. Ad ogni modo, i venti di terra e di mare devono essere andati in frantumi. Sono sbriciolati. Non ci si può più contare per cinque minuti.

– Spero che fra poco potrò tornare in coperta – mormorò Burns. – E allora vedremo.

Se con ciò intendesse alludere a forze soprannaturali, non lo avrei potuto dire. Fatto sta che non era questo l'aiuto che mi occorreva, benché, praticamente, restassi disopra giorno e notte, per profittare di ogni più piccola opportunità per sospingere la nave un po' più verso sud. Il secondo era estremamente debole, e non del tutto guarito della sua delusione che io consideravo come un sintomo del suo male. Ad ogni modo, le speranze di un malato devono sempre essere incoraggiate, perciò gli dissi:

– Voi sarete certo il benvenuto. E se continuate a guarir di questo passo, sarete fra poco l'uomo più sano a bordo.

Questo dovette fargli molto piacere, ma la sua estrema magrezza fece del suo sorriso una spettrale esibizione di lunghi denti sotto i baffoni rossi.

– E gli altri malati non migliorano, signore? – mi chiese sobriamente, con una espressione estremamente ansiosa.

Gli risposi con un gesto evasivo, e me ne andai. Stava di fatto che a bordo i malanni ci trattavano press'a poco come i venti. La febbre passava dall'uno all'altro, con tocchi ora leggeri ora pesanti, ma sempre molto sensibili, facendone traballare uno e stramazzare un altro, lasciando questi per riprendere quegli, sicché ora tutti avevano la stessa espressione sgomenta di bestie cacciate; mentre Ransome e io, i soli ancora illesi, continuavamo a distribuir chinino un po' a tutti. Era una doppia lotta disperata: di fronte, il tempo avverso ci teneva in scacco, mentre la febbre ci prendeva alle spalle. A questo punto devo riconoscere che i miei uomini erano molto buoni. Tiravano e tendevano vele con ogni buona volontà, ma ormai ogni vigore era svanito dalle loro membra, e guardandoli lavorar dall'alto della poppa, mi veniva fatto di pensare che si muovessero in un'aria avvelenata, deleteria.

Giù, nella sua cabina, Burns era giunto non solo a poter sedersi, ma anche a poter piegar le gambe, sollevando le ginocchia. Allacciandole con le sue braccia ossute come uno scheletro animato, emetteva profondi sospiri d'impazienza. E appena gliene davo l'occasione, non mancava mai di dirmi:

– Purché si riesca a passar l'8° 20' di latitudine. Il resto andrà da sé.

Dapprima mi limitavo a sorridere, e Dio sa che mi restava ben poco cuore per sorridere. Ma infine persi la pazienza.

– Ah sì? L'8° 20' di latitudine? Dove avete sepolto quel povero capitano? Ma non vi sembra, signor Burns, che sarebbe ora di smetterla con queste idiozie?

Rotolò su di me gli occhi sprofondati in uno sguardo d'invincibile caparbietà. Ma poi brontolò in un tono appena appena intelligibile, qualcosa come:

– Vedrete che... finirà... per giocarci un brutto tiro...

Incidenti come questi non erano naturalmente molto salutari per la mia risolutezza. Il cumulo di avversità cominciava a sopraffarmi. Ma nello stesso tempo disprezzavo quell'oscura debolezza della mia anima, e mi ripetevo che ci voleva ben altro per intaccar menomamente la forza della mia volontà.

Non potevo naturalmente sospettare il tremendo colpo che stavo per subire.

Avvenne il giorno dopo. Il sole era sorto giusto dietro la balza meridionale del Koh-ring, che a babordo continuava a guardarci come uno spettatore maligno. Mi era divenuto immensamente odioso. Durante la notte avevamo messo la prua un po' verso tutti i punti cardinali, continuando a tender vele ancora e ancora, per sfruttar ciò che, in gran parte credo, dovevano essere state folate immaginarie. Poi, giusto all'alba, s'era levata un'incomprensibile brezza sostenuta che ci soffiava diritto contro i denti. Non riuscivo a raccapezzarmi. Nulla la giustificava, né la stagione dell'anno, né la secolare esperienza dei navigatori raccolta nei libri, né l'aspetto del cielo. Solo un determinato malanimo avrebbe potuto spiegarla. Fatto sta che ci fece filare fuori rotta, e, se fossimo stati lì per divertirci, avremmo potuto godere assai dello sfolgorìo appena ridestato del mare. Poi, d'un tratto, come subitamente stanco di quel triste gioco, cadde e cessò completamente in meno di cinque minuti. La prua s'immobilizzò, e il mare prese un luccichìo di lama d'acciaio.

Scesi, non perché abbisognassi di qualche riposo, ma semplicemente perché non potevo più resistere a quello spettacolo. L'instancabile Ransome era affaccendato nella saletta. Aveva preso l'abitudine d'informarmi ogni mattina dello stato di salute dell'equipaggio. Si staccò dalla credenza col solito sguardo calmo, gradevole. Nessun'ombra sulla sua fronte intelligente.

– Ce ne sono parecchi stamane che stanno piuttosto male, signore.

– Come? Tutti coricati?

– Veramente, solo due sono rimasti coricati, signore, ma...

– Sarà stata la fatica di stanotte. Han dovuto agitarsi fino al mattino.

– Ho sentito, signore. Avrei voluto aiutare anch'io, ma sapete...

– Certo, guardatene bene... Ma hanno anche la pessima abitudine di dormire sul ponte.

Ransome assentì. Ma non si poteva tenerli d'occhio come bambini. D'altra parte era ben comprensibile che cercassero di godere quel po' di frescura e d'aria che spirava sul ponte. Per conto suo, naturalmente, si guardava bene dall'imitarli.

Era infatti un uomo molto sensato. Però non si poteva nemmeno dire che gli altri non lo fossero. Negli ultimi giorni sembrava veramente di vivere nel bel mezzo d'una fornace. Non era possibile giudicarli in base al fatto che cercavano un po' d'agio nei brevi momenti di riposo, quando la notte generava un'illusione di frescura e le grosse stelle ammiccavano attraverso l'aria greve di umidità. Inoltre erano talmente deboli, che non vi era più manovra che non richiedesse l'impiego di tutte le mani. No, non era davvero il caso di far loro delle rimostranze. C'era solo da confidare nelle benefiche virtù del chinino.

E infatti credevo in lui. Riponevo in lui tutta la mia fiducia. Lui solo poteva salvar l'equipaggio, la nave, rompere l'incanto, rendere vane le insidie dell'avversa sorte, e vincere come una polverina magica il malefizio occulto che s'accaniva contro il viaggio della mia prima nave, scongiurare gli effetti perniciosi delle panne e della pestilenza. Esso era per me assai più prezioso dell'oro, e a differenza di questo, ch'è sempre troppo scarso dovunque, esso si trovava per fortuna in quantità sufficiente a bordo. Entrai nel gabinetto per preparar delle dosi. Allungai la mano come verso la panacea infallibile, presi un barattolo ancora intatto, e tolsi l'involto, notando, senza badarvi, che mancava il sigillo tanto sopra quanto sotto.

Ma a che pro ricordare tutte le rapide fasi della terribile scoperta? Certo il lettore avrà già indovinato. C'era l'involto, il barattolo, contenente una polvere bianca, una qualsiasi polvere bianca, che poteva essere qualunque cosa fuorché chinino! Mi bastò un'occhiata per esserne sicuro. Ricordo anzi che appena afferrata la bottiglia, prima ancora di toccarne l'involto, il solo peso già mi aveva sorpreso. Il chinino, come si sa, è leggerissimo; ma forse i miei nervi esasperati, saranno stati allora eccezionalmente sensibili. Lasciai la bottiglietta sfracellarsi sull'impiantito. Sentii il suo contenuto scricchiolar sotto le mie suole. Afferrai un altro barattolo, poi un altro. Bastava il peso. Si sfracellarono ai miei piedi uno dopo l'altro. Non li buttavo: mi scivolavano tra le dita, quasi che non avessi avuto la forza di aprirli.

È proprio vero che la stessa violenza di certi colpi permette di superarli, poiché più violento è il colpo, più intensa è l'insensibilità che da esso consegue.

Uscii dal gabinetto, intontito, quasi come avessi ricevuto una mazzata sul capo. Ransome, con uno spolverino in mano mi guardò a bocca aperta. Non credo di aver avuto una faccia stravolta. Molto più probabilmente avrò avuto l'aria di aver molta fretta, poiché d'istinto mi precipitai in coperta. Questo caso dimostra come talvolta certe abitudini sono assimilate dall'istinto. Poiché infatti m'era stato insegnato per prima cosa che le difficoltà, i pericoli, i problemi d'una nave in alto mare devono sempre essere affrontati in coperta.

Inoltre, il fatto di aver così ciecamente ubbidito a un impulso dell'istinto, starebbe anche a dimostrare che in quel momento devo essere stato completamente privato delle mie facoltà intellettuali.

Certo è che ero fuori di senno, preda passiva di ogni impulso, poiché, giunto al piè della scala, mi volsi per precipitarmi nella cabina di Burns. L'aspetto terrificante di costui deve aver frenato il mio disordine mentale. Stava seduto sulla sua cuccetta, straordinariamente lungo, col capo leggermente inclinato da una parte, con un'aria di affettata compiacenza. Nella sua mano tremante all'estremità di un avambraccio non più grosso di un comune bastone da passeggio, teneva un paio di lampeggianti forbici con cui aveva tutta l'aria di volersi scannare.

Rimasi inorridito, ma questo fu quasi un sentimento secondario, in quanto esso non m'impedì di gridargli in qualche modo:

– Fermo!... Perdio!... Che fate?

In realtà stava soltanto impiegando le sue crescenti forze in un vacillante tentativo di liberarsi della sua folta barba rossa. S'era spiegato un asciugamano sulle ginocchia, e, ad ogni forbiciata, cadeva una pioggia d'ispidi peli, simili a pezzetti di fil di rame.

Mi volse una faccia grottesca oltre ogni dire, quale nessuna fantasia potrebbe concepire nell'incubo più pazzesco: una guancia, enorme di villosità fiammeggiante; l'altra nuda, infossata, con il baffone intatto che spiccava solitario, spavaldo. E mentre così mi guardava sbalordito, con la vacillante forbice tra le dita, gli gridai la mia scoperta irosamente, in sei parole, senza commento.

CAPITOLO V

Udii lo strepito delle forbici sfuggenti dalle sue dita, notai la pericolosa inclinazione di tutto il suo corpo sopra l'orlo della cuccetta, e allora, tornando d'un subito al mio primo proponimento, mi precipitai nuovamente in coperta. Lo sfolgorìo del mare mi empì gli occhi. Era magnifico e arido, motonono e senza la benché minima speranza sotto la vuota volta del cielo. Le vele penzolavano inerti e flaccide: le grinze e le cuciture dei ferzi sembravano incisi nel granito. L'impetuosità del mio arrivo fece trasalire leggermente il timoniere. Uno stroppio in alto strideva incomprensibilmente. Che cosa mai poteva farlo stridere? Era un suono sibilante simile al cinguettìo di certi uccelli. Rimasi lì a lungo, a lungo, di fronte a un mondo vuoto, immerso in un'immensità di silenzio attraverso al quale il sole si riversava e fluiva per suoi occulti fini imperscrutabili. A un tratto udii la voce di Ransome presso il mio gomito.

– Ho rimesso a letto il secondo, signore.

– Ah, sì?

– S'era alzato, tenendosi alla cuccetta, ma appena l'ha lasciata è cascato. Però, a sentirlo parlare, non sembra mica impazzito.

– Infatti, – risposi assente, senza guardarlo.

Egli attese un momento, poi, cautamente, quasi temesse offendermi:

– Credo, signore, che ci convenga non perderla quella roba. Potrei raccoglierla fino all'ultimo granello. Ritarderò un po' la colazione, ma non più di dieci minuti.

– Bene, lascia pur ritardar la colazione. Raccogli quella maledetta roba e buttala fuori bordo.

Il silenzio tornò assoluto, e quando mi volsi a guardar per di sopra la spalla, Ransome – l'intelligente, sereno Ransome – era scomparso. L'intensa solitudine del mare agiva come un veleno sul mio cervello. La nave, quando vi rivolsi gli occhi, mi fece l'impressione d'una tomba galleggiante. Chi non ha sentito parlar di navi vaganti alla deriva con tutto l'equipaggio morto? Guardai il marinaio di servizio alla ruota, volli parlargli e già il suo viso aveva preso un'espressione tesa, come avesse intuito la mia intenzione. Ma invece di parlargli, scesi abbasso, sperando di poter star solo per qualche tempo con l'immensità del mio affanno. Ma Burns, vedendomi passare dinanzi al suo uscio aperto, m'interpellò:

– Ebbene, signore?

Ristabilito sulla sua cuccetta, celava la gota irsuta entro un palmo.

– Quell'idiota m'ha portato via le forbici.

La tensione dei miei nervi era così violenta che forse fu un bene che Burns abbia esordito con quell'argomento. Sembrava molto contrariato, e a un certo punto brontolò:

– Crede forse che sia impazzito?

– No, non l'avrà fatto apposta, signor Burns.

In quel momento lo considerai come un modello di virile padronanza. Provai anzi una sorta di ammirazione per quell'uomo che (fatta eccezione dell'intensa materialità di quel che gli restava della sua barba), viveva quasi allo stato di spirito incorporeo. Notai l'estrema affilatezza del suo naso, le profonde cavità delle tempie, e lo invidiai. Era così malconcio che non poteva restargli molto da vivere. Beato lui! Così vicino alla sua fine – mentre io dovevo portar dentro di me un tumulto di dolorosa vitalità, piena di dubbi, di smarrimenti, di pentimenti, e d'infinita ripugnanza nell'affrontar l'atroce logica di quella situazione. Non potei fare a meno di mormorare:

– Credo che impazzirò io.

Burns mi guardò spettrale, ma peraltro, mirabilmente composto.

– L'ho sempre pensato che ci avrebbe giocato un brutto tiro.

Sentii una forte ripercussione nel cervello, ma non avevo né la volontà, né il cuore, né lo spirito per discutere. In quel momento ero soprattutto malato di indifferenza. La paralisi progressiva di una concezione disperata. Potei soltanto guardarlo, mentre lui proseguiva:

– Eh? Come? No? Non mi credete? Allora come spiegate questo? Come credete che abbia potuto succedere?

– Succedere? – risposi trasecolando. – Ma sicuro, come mai per tutti i diavoli ha potuto succedere?

Infatti, riflettendovi, tutto ciò sembrava assolutamente incomprensibile: barattoli vuotati, riempiti, riavvolti, ricollocati. Una specie di congiura, un sinistro attentato, qualcosa che somigliava stranamente a una perfida vendetta – per quale scopo? Ma Burns era in preda a una teoria. Tutto ciò era semplice, e me lo disse solennemente nella sua voce più cupa.

Credo che a Haiphong debbano avergli dato una quindicina di sterline per quella partita.

– Burns! – gridai.

Egli annuì grottescamente sopra le sue lunghe gambe ripiegate che nei calzoni del pigiama sembravano due manici da scopa con enormi piedi nudi all'estremità.

– Perché no? È una polverina piuttosto costosa in queste parti del mondo, e pare che sia molto ricercata nel Tonchino. Che cosa volete mai che gliene importasse? Voi non l'avete conosciuto. Io sì, l'ho conosciuto, e l'ho anche sfidato. Non temeva né Dio, né il diavolo, né gli uomini, né i venti, né il mare e nemmeno la sua propria coscienza. Credo che odiasse tutti, tutto. Deve aver avuto paura soltanto di morire. Credo di essere stato l'unica persona che gli abbia tenuto testa in questo mondo. Nella vostra cabina, signore, quando era malato; e l'ho fatto tacere. Credeva che volessi torcergli il collo. Se l'avessi lasciato fare ci avrebbe cacciati nel monsone di nord-est per tutta la vita, per secoli e secoli, Olandesi volanti nel Mar Giallo! Ah! Ah!

– Ma perché avrebbe ricollocato i barattoli così?

– E perché no? Perché mai li avrebbe dovuti buttare? Stavano meglio al loro posto. Appartenevano al cassone dei medicinali.

– Ma erano perfettamente riavvolti.

– Mah! Dal momento che la carta non mancava, l'avrà fatto per abitudine. Certo, quella roba stava meglio nei barattoli. Si sa che i pacchetti finiscono sempre per rompersi. E poi, chi può dire? Voi signore, non l'avrete certo assaggiata. Ma, naturalmente, ne siete sicuro...

– Ma certo, non l'ho assaggiata! A quest'ora è fuori bordo.

In quella, una voce molto discreta mormorò dietro le mie spalle:

– Io l'ho assaggiata, signore. Sapeva un po' di tutto: dolce, salata, atroce.

Ransome, uscendo dalla dispensa, si era fermato ad ascoltare – cosa molto scusabile in quella circostanza.

– Un brutto tiro – disse Burns. – L'ho sempre detto che ce l'avrebbe giuocato.

Il mio sdegno era sconfinato. Anche lui, quel dottore così gentile, così simpatico! La persona più simpatica che mi sia stato dato d'incontrare!... Invece di scrivermi quella lettera ammonitrice, mirabile raffinatezza del suo animo gentile, perché non aveva ispezionato sul serio quei farmaceutici? Ma pur accusandolo di leggerezza, sentivo, che tale colpa era molto discutibile. Tutto era in perfetto ordine, e si sa che la farmacia di bordo è preparata ufficialmente. Nulla poteva far sorgere il più piccolo sospetto. L'unico veramente colpevole ero io. Un capitano non deve mai accettar nulla senza controllo. L'eterno rimorso era seminato nel mio petto.

– Sento che la colpa è mia – esclamai. – Mia e di nessun altro. Ecco quel che sento. E non me la perdonerò mai.

– Questo è molto assurdo, signore – mi disse Burns con tutto lo sdegno di cui era capace.

E dopo quello sforzo supremo, si lasciò cadere sfinito sulla schiena. Chiuse gli occhi e ansimò. Questo incidente, questa terribile sorpresa, l'aveva pure sconvolto. Come mi volsi per andarmene, scorsi Ransome che mi guardava interrogando. Comprendeva tutta la gravità dell'accaduto, tuttavia abbozzò il solito sorrisetto malizioso. Poi tornò nella sua dispensa, e io mi precipitai nuovamente in coperta per vedere se ci fosse un soffio, un alito di vento sotto al cielo, qualcosa di cambiato nell'aria, un qualunque segno a cui si potesse attaccar la speranza. Ritrovai l'universale immobilità. Solo l'uomo di servizio alla ruota era stato rilevato da un altro; altrimenti nulla vi era cambiato. Quell'uomo aveva l'aspetto malato. Vacillava fiaccato, e sembrava tener i razzi più per reggersi che per governarli.

– Non sei in condizione di star qui – gli dissi.

– Ci posso resistere, signore – rispose debolmente.

Vero si è che non vi era proprio nulla da fare alla ruota. La nave non si muoveva affatto. La prua era volta a ponente; il sempiterno Koh-ring s'ergeva a poppa con attorno alcuni isolotti, puntini neri nell'azzurro abbacinante che fluttuava dinanzi ai miei occhi intorbiditi. Fatta eccezione di queste briciole di terra, non v'era macchia alcuna né in cielo né in mare, non il più tenue indizio di bruma, di fumo, nessuna vela, nessuna nave, nessuna presenza umana, nessun segno di vita, nulla!

E ora che fare? Che cosa era umanamente possibile fare? Evidentemente, per prima cosa, dovevo informare l'equipaggio. Lo feci quello stesso giorno. Non volevo che la cosa trapelasse da sé. Volevo dirlo io, in faccia a tutti. Perciò li feci adunare sul cassero di poppa. Salendo in coperta per informarli, compresi che la vita, talvolta, ha momenti ben terribili. Mai nessun delinquente confesso può essersi sentito così oppresso dal suo senso di colpevolezza. Forse per questo, il mio viso prese un'espressione dura dura, e la mia voce si fece fredda, quasi rude, nel dichiarare che più nulla potevo dare ai malati.

Se in quel momento mi avessero dilaniato membro per membro, li avrei ritenuti pienamente giustificati. Il silenzio che seguì le mie parole fu quasi più duro da sostenere della più furibonda sommossa. L'immenso rimprovero ch'esso conteneva mi schiacciava. Ciò, naturalmente, era solo una mia impressione gratuita, poiché nessuno si sognava di considerarmi colpevole. Tuttavia, con una voce che mi fu molto difficile conservar ferma, proseguii:

– Credo che avrete capito, che saprete ciò che significa.

Una o due voci mormorarono:

– Sì, signore... Abbiamo capito.

S'erano taciuti soltanto perché credevano di non aver nulla da dire; e quando li ebbi informati che intendevo far vela alla volta di Singapore, e che l'unica salvezza per la nave e per tutti stava nello sforzo di tutti, dei malati quanto dei sani, ricevetti il conforto di un sommesso mormorìo di assenso, tra cui una voce più forte esclamò:

– Certo non c'è altro da fare per uscire da questa maledetta trappola.

***

Ecco un estratto di una specie di diario che tenni allora:

«Il Koh-ring è infine scomparso. Già da molti giorni non ho più trascorso abbasso due ore di seguito. Rimango sul ponte, naturalmente, giorno e notte, e i giorni e le notti continuano a susseguirsi, ora lunghi, ora brevi – chi lo sa? Ogni senso di tempo s'è affogato nella monotonia dell'attesa, della speranza, del desiderio – unico per tutti: portar la nave a sud! Portar la nave a sud! L'effetto è stranamente meccanico: il sole sorge, s'inerpica, cala, le notti ci passano sopra come se qualcuno, di là dall'orizzonte, le tirasse con delle funicelle. Tutto si ripete senza soluzione di continuità, senza scopo apparente... e frattanto continuo a deambular per la tolda. Chissà quante miglia ho già percorso sul cassero di poppa! Incessante, cocciuto pellegrinaggio di mera irrequietudine, alternato solo da brevi capatine abbasso per dare un'occhiata a Burns. Forse è un'illusione, ma costui mi sembra più solido giorno per giorno. Parla poco, forse perché la nostra situazione non si presta a osservazioni oziose. Così pure gli uomini che s'aggirano o stanno seduti sul ponte. Non si parlano tra di loro. A volte mi vien fatto di pensare che se vi fosse un orecchio invisibile in ascolto per cogliere i bisbigli della terra, troverebbe che questa nave n'è il punto più silente...

«No, Burns non ha molto da dirmi. Sta seduto sulla cuccetta, liberato dalla barba, coi baffoni fiammeggianti, e con un'aria di silenziosa determinatezza sul suo viso terreo. Ransome m'assicura ch'egli divora tutti i cibi che gli sono porti fino all'ultima briciola, ma che per contro dorme pochissimo. Infatti, più volte, scendendo di notte per riempir la pipa, ho notato che, pur giacendo supino, conserva sempre quella stessa aria molto decisa. Quando è sveglio mi guarda con la coda dell'occhio, come se l'avessi interrotto in un'ardua operazione mentale. Poi, in coperta, ritrovo l'ordinata disposizione delle stelle scintillanti senza il più tenue velo, infinitamente deprimenti. Sempre la stessa roba: stelle, sole, mare, luce, tenebre, spazio, sconfinato deserto d'acqua – la formidabile Opera dei Sette Giorni in cui l'umanità sembra essere capitata per sbaglio. O forse adescata. Caduta in trappola come me su questa spaventosa nave maledetta...»

***

Di notte, l'unica luce a bordo era quella della timoniera illuminante i volti dei timonieri; tutto il resto era immerso nelle tenebre. Io passeggiavo sul cassero di poppa, e l'equipaggio dormiva disseminato sui ponti. Erano così sfiniti che non si poteva più pretendere alcun turno di guardia. Quelli che ancora si potevano reggere sui piedi restavano sempre in servizio, sdraiati sotto le tende del ponte di manovra, per alzarsi al suono della mia voce sulle fiacche gambe, e muoversi in gruppetti traballanti, pazientemente, senza un mormorìo, senza un bisbiglio. E ogni volta che dovevo alzar la voce, sentivo, dentro di me, uno spasimo di rimorso e di pietà.

Poi, verso le quattro, una luce s'accendeva sul davanti, nella cucina. Era il puntuale Ransome, illeso, sereno e attivo nonostante il suo infido cuore, che preparava il caffè per l'equipaggio. Poco dopo mi portava la mia tazzina a poppa, e solo allora mi concedevo un paio di ore di vero sonno nella mia poltrona di coperta. Non dubito che, stando appoggiato sulle murate, abbia schiacciato un sonnellino ogni tanto per soverchia spossatezza; ma, sinceramente, non me ne sono mai accorto, se non nella penosa forma di convulsi sussulti che, credo, si producessero anche quando camminavo. Comunque, dalle cinque alle sette dormivo apertamente, sotto le stelle vanenti.

Prima solevo dire al timoniere: «Chiamami se succede qualcosa», poi mi calavo nella poltrona e chiudevo gli occhi, con l'impressione che in tutto il mondo non restasse più sonno per me. E subito dopo perdevo ogni coscienza, finché, tra le sette e le otto, sentivo una leggera pressione su una spalla, e, aprendo gli occhi, scorgevo Ransome che, col suo sorrisetto malizioso e i buoni occhi grigi, sembrava godersi lo spettacolo del mio sonno. A volte l'ufficiale saliva in coperta per rilevarmi all'ora del caffè. Ma non c'era mai nulla da fare. O panna assoluta, o soffi fievoli fievoli e così mutevoli che non valeva davvero la pena di alzar un braccio.

Quando, per avventura, un venticello sembrava voler spirar sul serio, l'uomo di servizio alla ruota non mancava mai di annunciarmi: «Nave al vento, signore», parole che, come squilli di tromba, mi facevano scattar in piedi sul ponte, e che mi avrebbero riscosso anche dal sonno eterno. Ma questo capitava di rado. Non ho mai visto in nessuna parte del mondo aurore così prive di vento. Le rare volte che l'ufficiale veniva a rilevarmi (era solitamente febbricitante due giorni su tre) lo trovavo seduto sul tetto a vetri della cabina, mezzo incosciente, e con lo sguardo idiota fisso su qualche oggetto vicino – un cavo, un bozzolo, uno stroppio, una caviglia, un'aspa.

Quel giovanotto era alquanto inquietante. Restava «novellino» anche nelle sue sofferenze. Sembrava completamente imbecillito, e quando una recrudescenza di febbre lo ricacciava giù nella sua cabina, si rendeva d'un tratto irreperibile. La prima volta, Ransome e io fummo molto allarmati. Partimmo alla sua ricerca con ogni calma e sangue freddo, e infine Ransome lo trovò raggomitolato in un cofano di vele del corridoio. Avendolo redarguito, mi rispose tristemente:

– Faceva fresco, lì.

Non era vero. Quello che l'aveva attratto in quel luogo era solo il buio.

I difetti fondamentali del suo viso certo non miglioravano sotto il livore uniforme della febbre. E questo non posso dirlo di tutti. In molti casi la voracità della febbre sembrava idealizzare il carattere complessivo di certe fattezze, dando risalto a un'imprevista nobiltà o a una forza congenita, e, in un caso particolare, a un aspetto essenzialmente buffo. Era un ometto smilzo, piccolo, molto attivo, con naso e mento del tipo Punch (maschera inglese molto simile al nostro Pulcinella) al quale i compagni avevano affibbiato il nomignolo Frenchy (francesino). Chissà perché. Non l'ho mai sentito pronunciar una sola parola francese.

Bastava vederlo andar a poppavia, alla ruota, per sentirsi confortato. I calzoni azzurri rimboccati sul polpaccio, una gamba un po' più corta dell'altra, una nitida camicia a scacchi, un bianco berretto di tela – evidentemente confezionato da lui – davano all'insieme una particolare eleganza, e la persistente compostezza della sua andatura, anche quando, poveraccio, non poteva far a meno di zoppicare, attestavano uno spirito invincibile. Ce n'era un altro che si chiamava Gambril. Era l'unico brizzolato. Colpiva soprattutto per un'espressione di singolare austerità. Ora, salvo poche eccezioni, quasi tutti i loro nomi sono svaniti dalla mia memoria, mentre ricordo ancora nitidamente tutti quei volti che si struggevano tragicamente dinanzi ai miei occhi.

Le parole che ci scambiavamo erano poche e assai puerili, se si considera la situazione. Non potevo guardarli in faccia se non con un certo sforzo. M'aspettavo sempre di incontrar sguardi di rimprovero. Ma non ne colsi mai. Però l'espressione di sofferenza nei loro occhi era già da sé assai penosa da sostenere. Ma di ciò non potevano aver colpa. In quanto al resto, mi domando se la tempra dei loro animi, o il loro aspetto simpatico che me li ha resi così magnifici, così cari alla memoria.

In quanto a me, il mio animo non aveva nulla di particolarmente temprato, né posso dire di aver sempre avuto la testa molto a posto. C'erano momenti in cui sentivo non solo d'impazzire, ma di essere già impazzito; sicché non osavo aprir bocca, temendo di tradirmi con qualche grido pazzesco. Per fortuna avevo solo ordini da dare, e si sa che gli ordini esercitano un'influenza tonica su chi li impartisce. Inoltre, dentro di me, il marinaio, l'ufficiale vigilante, erano rimasti abbastanza normali. Ero come un falegname pazzo, intento a fabbricar una cassetta. Anche se fosse convinto di essere il Re di Gerusalemme, la sua cassetta verrebbe ugualmente una cassetta molto normale. Quello che più temevo era uno strillo, un urlo involontario che rovinasse quel po' di equilibrio che ancora mi restava. Per fortuna nulla mi costringeva ad alzar la voce. Nel compatto silenzio del mondo circostante, ogni più piccolo strepito risuonava intensificato come in certe grotte eccezionalmente fonetiche. Il tono di conversazione abituale avrebbe lanciato le parole da un capo all'altro della nave. Ora, essendo solo a parlar forte, l'unica voce che udissi era la mia, sempre la mia; e ciò, a lungo andare, diveniva addirittura terribile. Di notte, soprattutto, essa riecheggiava forte contro le immobili vele.

Burns, pur conservando nella sua cuccetta quell'aria di segreta decisione, aveva sempre molte cose da brontolare. I nostri colloqui non duravano mai più di cinque minuti; però erano assai frequenti. Scendevo continuamente per accendere la pipa, sebbene non consumassi molto tabacco allora. Era la pipa che sempre si spegneva; ma, per vero dire, non avevo l'animo abbastanza tranquillo per poter fumare decentemente. Anzi, avrei anche potuto passar gran parte delle ventiquattr'ore ad accendere fiammiferi in coperta, tenendoli sospesi finché mi bruciassero le dita. Preferivo scendere. Era un diversivo. Era l'unica cosa che interrompesse l'incessante tensione; e Burns, naturalmente, mi vedeva ogni volta passare innanzi e indietro davanti alla sua porta.

Con le ginocchia raccolte sotto al mento, e con sopra lo sguardo fisso dei suoi occhi verdastri, era davvero una figura assai strana e, per me che conoscevo le fisime del suo cervello, nient'affatto attraente. Eppure, di quando in quando, mi toccava parlargli. Un giorno si lamentò del terribile silenzio che avvolgeva la nave. Per ore e ore giaceva lì senza mai sentir il più piccolo rumore, fino a non poter più resistervi.

– Quando Ransome è sul davanti, nella sua cucina, par che tutti a bordo siano morti. L'unica voce che sento qualche volta è la vostra, signore; ma capirete, non basta per tenermi su. Che hanno gli uomini? Non c'è più nessuno che sappia cantare, manovrando i cavi?

– Più nessuno – gli risposi. – Qui a bordo, in questo momento non c'è fiato da sprecar in canzoni. Sapete che in certi momenti non posso disporre nemmeno di tre uomini per la manovra?

A questo punto mi chiese precipitosamente, angosciosamente:

– Nessuno morto a bordo?

– No.

– Bisogna tener duro, non lasciarglieli prendere. Se ne piglia uno, finirà per pigliarci tutti quanti.

Lo investii furibondo. Credo di aver anche bestemmiato per l'effetto perturbante di quelle sue parole. Colpirono in me quella poca padronanza che ancora m'era rimasta. Come se non bastassero le visioni d'incubo che già mi ossessionavano durante l'incessante vigilanza di fronte al nemico. Visioni di una nave derivante nella calma, e dondolante nei venti leggeri, con tutto l'equipaggio agonizzante sui suoi ponti.

Ma a questo mio scatto Burns oppose un misterioso silenzio.

– Sentite – gli dissi. – Voi stesso non credete a quel che dite. Non potete credervi. È impossibile. Esulerebbe troppo dall'ordine di cose che sono in diritto d'aspettarmi da voi. La mia posizione è già abbastanza critica anche senza le vostre pazze fisime.

Egli rimase imperturbabile. Dato il modo in cui la luce pioveva sul suo capo, non potei essere sicuro se avesse sorriso sì o no.

– Sentite – gli dissi ancora, ma in tono diverso. – La situazione si va facendo talmente disperata che mi son chiesto se non sarebbe il caso di voltar la prua a ponente, dal momento che non riusciamo ad avanzare a sud; così almeno ci porteremmo sulla rotta dei corrieri. Un po' di chinino nessuno ce lo rifiuterà. Che ne pensate?

– No, no, no! Non lo fate, signore. Bisogna tener testa a quel vecchio farabutto. Guai se ci vedesse cedere!

Lo piantai. Impossibile parlargli. Il suo era un vero caso d'invasamento. Però aveva avuto ragione di sconsigliarmi. Il progetto di avventurar la nave a ponente per tentar di essere avvistati da un problematico vapore, non poteva resistere a un calmo esame. Dove ora ci trovavamo, spiravano venti, per quanto sporadici, per procedere a sud. Abbastanza almeno per tener viva la speranza. Ma se, servendomi di quelle capricciose folate per far vela verso ponente, fossi poi capitato in una regione dove non spirasse più un soffio d'aria per giorni e giorni consecutivi, che saremmo divenuti? Forse allora, dopo qualche settimana, la mia raccapricciante visione di una nave vagante alla deriva con tutto l'equipaggio morto, si sarebbe realizzata dinanzi agli occhi dei marinai inorriditi.

Quel pomeriggio, Ransome mi portò sul ponte una tazza di tè, e mentre aspettava col vassoio in mano, mi osservò nel giusto tono della sincera simpatia:

– Resistete molto bene, signore.

– Infatti – gli dissi – tu e io sembriamo dimenticati.

– Dimenticati?

– Sì, dal demone della febbre che s'è insediato qui a bordo.

Ransome mi gettò una rapida, vivace occhiata; poi s'allontanò col vassoio. Sentii allora d'aver parlato un po' nella maniera di Burns, e ciò m'irritò. Già diverse volte, nei miei momenti più neri, m'ero lasciato andare fino al punto di considerar la nostra situazione come una vera lotta contro un nemico ben vivo.

Sì. Il demone della febbre non aveva ancora toccato Ransome e me. Però avrebbe potuto farlo da un momento all'altro. Ma erano appunto pensieri come questo che bisognava respingere a ogni costo. Infatti, che saremmo divenuti se Ransome, cuoco, maggiordomo e infermiere, fosse a sua volta soggiaciuto alla febbre? E che ne sarebbe divenuto della nave se fossi stato sopraffatto anch'io, con Burns troppo debole per star in piedi senza reggersi alla sua cuccetta, e con l'ufficiale ridotto a uno stato d'imbecillità cronica? Impossibile concepire tali possibilità, appunto perché troppo facili a concepirsi.

Ero solo sul cassero di poppa. Siccome la nave era in panna totale, avevo mandato il timoniere a coricarsi all'ombra, dove meglio gli piacesse. La forza dell'equipaggio era tanto scarsa, che ogni fatica non necessaria era da evitarsi. Quel timoniere era appunto l'austero Gambril, l'uomo dalla barba brizzolata. S'allontanò abbastanza prontamente, ma, poveraccio, era tanto stremato dai continui accessi di febbre che, invece di scendere diritto la scaletta di poppa, dovette scenderla a rilento, aggrappandosi con ambo le mani alle rampe di ottone. Faceva semplicemente pena. Eppure non stava né peggio né meglio di gran parte della mezza dozzina di misere vittime su cui potevo ancora contare per i bisogni di coperta.

Era un pomeriggio terribilmente morto. Per diversi giorni consecutivi, basse nuvole erano comparse nel cielo: masse bianche disopra e nere disotto, che sembravano poggiare sull'acqua immobili, quasi massicce, pur essendo continuamente cangianti. Verso sera sparivano. Ma quella sera attesero impassibili il tramonto del sole, che, prima di affondare, le inondò di fuoco e di sangue. Le puntuali e noiosissime stelle ricomparvero sopra la nostra alberatura, ma l'aria rimase stagna, opprimente.

Il meticoloso Ransome accese le luci della timoniera, poi s'avanzò come un'ombra verso di me.

– Volete scendere, signore, e provare a mangiar qualcosa?

La sua voce sommessa mi fece trasalire. Stavo guardando fuori bordo, appoggiato alla murata, senza dir nulla, senza nulla sentire, nemmeno la stanchezza delle membra, sopraffatto dalla maledizione.

– Ransome – gli chiesi bruscamente. – Da quanto tempo sono in coperta? Non mi raccapezzo più.

– Da quattordici giorni, signore. La prima quindicina dalla nostra partenza s'è compiuta lunedì scorso.

La sua voce, sempre uguale, aveva una triste risonanza. Attese un po' poi soggiunse:

– È la prima volta che c'è speranza di aver un po' di pioggia.

Solo allora notai l'ampia ombra che si stendeva sull'orizzonte, spegnendo le stelle basse, mentre quelle alte, nello zenit, sembravano tralucere attraverso un velo di fumo.

Come poi quella nuvolaglia vi fosse giunta, come fosse riuscita ad arrampicarsi fin lassù, non lo avrei saputo dire. Dopo un reiterato invito di Ransome, scesi per «provar a mangiare qualcosa». Non ricordo più quale fosse il risultato di tale tentativo. Suppongo che anche allora debba essere vissuto alimentandomi nel modo consueto; tuttavia, ricordando quei giorni, ho l'impressione di essermi nutrito di sola angoscia, abusandone come di un infernale stimolante, eccitante e insieme sfibrante.

Quello fu l'unico periodo della mia vita in cui abbia tenuto un diario. Ah no, non l'unico. Molti anni dopo, in un periodo di isolamento morale, ho annotato i pensieri e gli avvenimenti di una ventina di giorni. Ma quella fu la prima volta. Non ricordo più come l'idea me ne sia venuta, né come abbia trovato sottomano matita e taccuino. Non posso ammettere di aver cercato tali oggetti di proposito. Però sono convinto che senza di essi, avrei preso la perniciosa abitudine di soliloquiare.

Strano a dirsi, in entrambi i casi mi sono applicato a questo genere di passatempo, con la convinzione di «non poter più cavarmela». E nemmeno speravo che il manoscritto potesse sopravvivermi.

Ciò dimostra che in entrambi i casi, scrivevo unicamente per soddisfare un intimo bisogno di sollievo, e non per motivi più o meno oscuri di vanità.

Trascrivo alcune righe abbastanza sconnesse, scarabocchiate appunto quella sera, e che ora, nella distanza del tempo, mi fanno un effetto pressoché spettrale.

***

C'è qualcosa come un immane fermento nel cielo: l'aria, più stagna che mai, sembra decomporsi, corrompersi. Gli occhi non vedono che nuvole, le quali possono sì e no contener vento e pioggia. Strano però che tale visione mi turbi a tal punto. Mi sento press'a poco come se dovessi scontar di colpo tutti i miei peccati. Ma credo che tale turbamento mi provenga dalla perdurante panna: la nave non si muove, e, non avendo nulla da fare, la mia fantasia accesa frenetica tra le più disastrose visioni del peggio che ci potrebbe capitare. Che cosa sta per succedere? Probabilmente nulla. Oppure tutto. Potrebbe essere un tremendo colpo di vento. E qui, sul ponte di manovra, ci sono solo cinque uomini, che insieme rappresentano sì e no la vitalità e la forza di due. Potremmo avere tutte le nostre vele strappate di colpo. Ogni più piccolo pezzo di tela è sempre rimasto spiegato, teso, fin dall'abbrivio nella foce del Mei-nam, quindici giorni fa... o forse quindici secoli. Tutta la mia vita precedente quel giorno memorando, mi sembra infinitamente remota, una vanente memoria di spensierata giovinezza, di cose occorse di là dalla linea di ombra. Sì, le vele potrebbero esserci strappate tutte. E ciò sarebbe per noi tutti come un'irrevocabile sentenza di morte. Come rifornir di vele la nave con un simile equipaggio? Impossibile. E potremmo anche essere disalberati. Quante navi sono state disalberate unicamente perché non governate con sufficiente prontezza? E io, coi miei uomini, non posso nemmeno far imbrogliar le vele! Mi par di dover aspettare con mani e piedi legati, che qualcuno mi tagli la gola. E quel che più mi stupisce è la ripugnanza che provo a salir in coperta per affrontar la situazione. Eppure lo devo per la nave, lo devo per gli uomini che m'aspettano sul ponte, pronti a sacrificarle le ultime forze superstiti a un mio ordine. E io esito, sopraffatto dalle previsioni della fantasia. Il mio primo comando! Ora sì che comprendo quello strano senso d'incertezza risentito in passato. Forse ho sempre sospettato di non essere all'altezza del mio compito. Ed ecco ora la prova irrefrenabile. Esito. Dunque sono inetto.

***

A questo punto, o forse un istante dopo, mi accorsi che Ransome era entrato nella cabina. Qualcosa nella sua espressione mi fece sussultare. Aveva un significato che non riuscivo a definire. Esclamai:

– Qualcuno è morto?

Ransome si stupì a sua volta.

– Morto? No, che io sappia, signore. Sono stato nel castello di prua dieci minuti fa, e allora nessuno era ancora morto.

– M'hai fatto paura!

La sua voce mi parve più gradevole che mai. Mi spiegò di essere venuto giù per chiudere l'oblò della cabina di Burns, in previsione della probabile burrasca. Non sapeva che fossi qui in saletta.

– Che tempo fa?

– Molto buio, signore. Qualcosa sta per succedere, questo è certo.

– In che punto?

– Tutt'attorno, signore.

– Ah sì, tutt'attorno – ripetei oziosamente.

Ransome rimase lì come avesse qualcosa da fare e non si decidesse a farla. A un tratto gli chiesi:

– Credi che dovrei andar di sopra, vero?

Rispose subito, ma senza enfasi, senza alcun accento particolare nel tono:

– Sì, signore.

M'alzai di scatto, ed egli si scostò prontamente per lasciarmi passare. Traversando il corridoio, udii la voce di Burns:

– Chiudimi l'uscio, maggiordomo, vuoi?

E quella di Ransome rispondere alquanto sorpresa:

– Ma certo, signore.

Credevo che tutti i miei sentimenti si fossero dissolti nella più nera indifferenza; invece mi trovai più che mai impaziente di trovarmi sul ponte. La massiccia caligine asserragliava così da presso la nave, che allungando la mano fuori bordo pareva di toccar qualche sostanza straordinaria. C'era in essa un orrore inconcepibile, un mistero indicibile. Sopra, le stelle spandevano una luce fioca fioca, senza alcun riverbero sull'acqua, attraverso l'aria massiccia, tramutata in fuliggine.

Non avevo mai visto nulla di simile. Impossibile indovinare donde verrebbe il cambiamento: la minaccia incombeva da ogni punto.

Non c'era ancora nessuno alla ruota. L'immobilità immanente era perfetta. Il mare, per rapporto all'aria pastosa, sembrava solidificato. Inutile guardar attorno, cercar un segno, specular sull'imminenza della conflagrazione. Fra poco la progredente caligine avrebbe ingoiato le pallide stelle tralucenti sopra la nave, e il termine d'ogni cosa sopraggiungerebbe senza un sospiro, senza un sussulto, senza un mormorìo; e tutti i nostri cuori cesserebbero di battere come orologi esausti.

Impossibile scuotersi di dosso quel senso di assoluta fine. Nella calma che m'invase mi parve pregustare l'imminente annichilimento. Ne ebbi come una specie di conforto, come se d'un subito la mia anima si fosse rassegnata a una cieca, eterna inerzia.

Ma l'istinto del marinaio sopravvisse intatto a questo mio disgregamento morale. Scesi sul ponte di manovra per la scaletta di poppa. L'ultimo barlume stellare parve morire ancora prima che vi giungessi, tuttavia, quando chiesi calmo calmo: «Siete qui, uomini?» scorsi confuse ombre che si drizzavano attorno a me, pochissime e molto indistinte; poi una voce mi rispose:

– Tutti qui, signore.

E un'altra soggiunse:

– Tutti quelli che ancora possono fare qualcosa, signore.

Entrambe erano perfettamente calme, senza alcuna vibrazione, senza alcun accento né di fervore né di scoramento. Due voci molto positive.

– Dobbiamo cercar di serrar bene la vela di maestra.

Le ombre si dileguarono senza nulla obiettare. Questi non erano più uomini, ma ombre d'uomini, e il loro peso su un cavo varrebbe quanto quello delle ombre. Infatti, se mai una vela fu imbrogliata con sola forza spirituale, questa deve essere stata la nostra vela di maestra. Naturalmente diressi la manovra prendendovi parte attiva. Quei disgraziati mi seguivano di cavo in cavo, incespicando, ansimando. Faticarono come titani. Vi impiegammo per lo meno un'ora, e durante tutto quel tempo il nero universo non emise il più piccolo strepito. Quando gli ultimi imbrogli furono fissati, i miei occhi, ormai assuefatti alle tenebre, scorsero le sagome degli uomini sfiniti aggrapparsi alle murate, e accasciarsi sui quartieri dei boccaporti. Uno stava curvo sopra l'argano poppiero, annaspando disperatamente. Tra costoro m'ergevo come una torre di forza, insensibile alle fatiche, cosciente solo dell'affanno della mia anima. Attesi qualche tempo, lottando contro il peso delle mie colpe, contro il mio senso d'inettitudine; poi dissi:

– Ora andiamo a poppa a serrar la randa. Non possiamo far altro; e per il resto la nave farà quel che potrà.

CAPITOLO VI

Come c'incamminavamo a poppavia, pensai che qualcuno dovesse stare alla ruota. Alzai la voce appena al tono d'un bisbiglio, e subito, silenziosamente, un rassegnato spirito comparve nella luce poppiera, in un corpo disseccato dalla febbre e col viso dalle orbite profondamente incavate, spiccante vividamente illuminato sulla caligine che aveva ingoiato tutto il nostro mondo. Il nudo avambraccio, teso sopra i razzi superiori, sembrava brillare di una sua propria luce.

Mormorai a quella luminosa apparizione:

– Punta diritto a mezzanave.

Ed essa mi rispose in tono di rassegnata sofferenza:

– Diritto a mezzanave, signore.

Poi tornai sul ponte di manovra. Impossibile dire donde sarebbe venuto il colpo. Guardarsi attorno era come guardar nel buio d'un pozzo senza fondo. Lo sguardo si perdeva in profondità inconcepibili.

Volli accertarmi se il ponte fosse debitamente sgombro di cavi. Per far ciò bisognava brancicar di qua, di là coi piedi. Nel mio cauto progresso, andai contro a uno che subito riconobbi per Ransome. La sua impareggiabile solidità fisica era evidente al solo contatto. Stava appoggiato sul paranco di mezzanave e taceva. Fu per me come una rivelazione. Era l'ombra accasciata, ansimante, che avevo notato prima di avviarmi a poppavia.

– Hai aiutato all'imbroglio della maestra! – esclamai sottovoce.

– Sì, signore – mi rispose la sua voce calma.

– Ransome! Dove avevi la testa? Sai bene che non devi far sforzi simili.

– Lo so – mi disse dopo una pausa. Poi, dopo un'altra pausa, soggiunse tutto d'un fiato, in un intervallo dell'ansito rapidissimo: – Ora sto bene.

Non vedevo né udivo più nessuno, ma appena ebbi chiamato, un mormorìo di sommerse risposte riempì il ponte, e le ombre che le proferivano parvero fluttuare di qua e di là. Ordinai di rimuovere dal ponte tutte le drizze, per lasciar campo alla corsa.

– Questo posso farlo io – mi disse Ransome nel suo tono così naturale e gradevole, che confortava e insieme commuoveva.

Costui doveva coricarsi, riposarsi, ed era mio dovere precipuo di mandarlo a letto. Ma forse non mi avrebbe ubbidito. Non avevo più volontà abbastanza per tentare. E potei dirgli soltanto:

– Bada di non stancarti, Ransome.

Tornato a poppa, mi avvicinai a Gambril. Sotto la vivida luce che lo scalzava di ombre profonde, il suo viso faceva paura, sembrava ammutolito per sempre. Gli chiesi come stesse, senza minimamente attendere una risposta. Fui quindi alquanto sorpreso della sua loquacità.

– Quelle crisi mi lasciano più debole di un pulcino, signore – mi disse con quell'aria d'ignorar tutto all'infuori della bussola che è di obbligo pel timoniere nell'esercizio delle sue funzioni. – E non faccio a tempo a rialzarmi che un'altra crisi mi butta a terra.

Sospirò. Il suo tono non aveva nulla di lamentoso, ma le nude parole bastarono a provocare, dentro di me, un atroce spasimo di rimorso. Tacqui per qualche tempo, incapace di parlare. Poi, quando quella tormentosa sensazione mi passò, gli chiesi:

– Ti senti forte abbastanza per trattenere il timone in caso di sbandata? Non vorrei che qualcosa nel timone si guastasse. La nostra situazione è già abbastanza difficile.

Mi rispose con appena un'ombra di stanchezza, assicurandomi di essere forte abbastanza per tener duro. Potevo star certo che egli non si sarebbe lasciato sfuggir la ruota di mano. Altro non poté dirmi.

A questo punto passando di colpo dalle fitte tenebre alla zona di luce, Ransome mi comparve dinanzi come sorto per incanto, col suo viso composto e la sua voce gradevole.

Mi disse che, per quanto era possibile fare, procedendo a tastoni, i cavi erano rimossi e il ponte apparentemente sgombro. Impossibile vedere checchessia. Frenchy si era posto di vedetta sul davanti. Infine mi assicurò di essere ancora capace di far qualche salto.

Qui un tenue sorriso alterò per un istante il nitido, fermo disegno delle sue labbra. Con quegli occhi seri, chiari, grigi, e con quel temperamento così sereno, era di un valore veramente inestimabile. Forte di animo non meno che di muscoli.

Era l'unico uomo a bordo (eccettuato me, ma io non potevo rinunciare alla mia libertà di movimenti) che ancora potesse dare affidamento con la sua forza muscolare. Fui sul punto di dirgli di mettersi alla ruota, ma, ricordando il terribile pericolo che lo minacciava dentro il petto, esitai. Nella mia ignoranza di cose fisiologiche, credevo che avrebbe potuto morir sul colpo per la sola agitazione di un momento un po' critico.

Mentre quel timore angoscioso mi tratteneva le parole sulla punta della lingua, Ransome indietreggiò di due passi, e scomparve.

Provai allora un senso di smarrimento, come se un appoggio mi fosse improvvisamente mancato. Uscii anch'io dal cerchio di luce nelle tenebre che mi si paravano dinanzi come un muro. Mi ci immersi con un passo. Tale doveva essere l'oscurità precedente la creazione. Le tenebre si richiusero dietro di me. Sapevo di essere invisibile al timoniere. E pure io non potevo veder nulla. Egli era solo, io ero solo, ognuno, dovunque stesse, era perfettamente solo. E ogni forma era pure scomparsa: alberi, vele, accessori, murate, – ogni cosa era radiata nella terribile uniformità di quella notte assoluta.

Il bagliore d'un lampo sarebbe bastato per darmi sollievo – intendo un vero sollievo fisico. Lo avrei implorato, se non fossi stato trattenuto dall'incosciente terrore del tuono. Nella spasmodica tensione derivante da quel silenzio, mi sembrava che il primo rombo di tuono mi avrebbe ridotto in polvere.

Eppure nulla era più imminente del tuono. Lo attesi convulsamente irrigidito, quasi senza respirare. Nulla avvenne. C'era da impazzire. Poi, sentendo un dolore alla parte inferiore del viso, mi resi conto che digrignavo spasmodicamente i denti da Dio sa quanto tempo.

Pare impossibile che non me ne fossi accorto prima; eppure non me ne ero accorto. Facendo uno sforzo che assorbì ogni mia facoltà, riuscii a tener discoste le mascelle. Mentre ero intento a ciò, notai uno strano picchiettìo irregolare sul ponte. Quei colpetti si susseguivano ora singoli, ora a due a due, ora a gruppi. Mentre mi meravigliavo di quella misteriosa diavoleria, qualcosa mi colpì leggermente sotto l'occhio sinistro, e subito sentii un'enorme, lacrima scorrermi giù per la guancia. Pioveva. A goccioloni enormi. Forieri di chissà che cosa. Tap. Tap. Tap...

Mi volsi a poppavia ed esortai Gambril ad «abbrancarsi bene alla ruota». Ma tanta era la mia emozione che quasi non riuscivo a parlare. Il momento fatale era giunto. Trattenni il respiro. Il picchiettìo era cessato non meno improvvisamente di come era cominciato; e seguì un'altra pausa d'intollerabile silenzio; simile a una stretta maggiore di un atroce strumento di tortura. Per vero dire, credo che neanche allora sarei stato capace di urlare; però avevo la convinzione che non mi restasse più altro da fare che di urlare.

D'un tratto – come devo dire? Ecco: d'un tratto le tenebre si tramutarono in acqua. Non posso esprimermi diversamente. Una pioggia, per quanto torrenziale e improvvisa, si fa sempre sentire.

La si ode sempre venire sul mare, e anche nell'aria. Questa, invece, niente. Senza un bisbiglio o un fruscìo preliminare, senza uno splasc o l'ombra di un presentimento, mi sentii istantaneamente inzuppato fino alla pelle. Cosa peraltro poco difficile se si considera che allora indossavo soltanto un pigiama da letto. All'istante i miei capelli furono intrisi d'acqua, e l'acqua mi sgrondò per il corpo e mi riempì il naso, le orecchie, gli occhi. Nella frazione di un secondo ne trangugiai una quantità assai considerevole.

In quanto a Gambril, sembrava che affogasse. Tossiva pietosamente di quella tosse rotta dei malati, e lo vedevo come in una luce di acquario: vaga forma fosforescente. Soltanto, a differenza dei pesci di acquario, non guizzò via. Però qualcosa accadde. Le due lampade della timoniera si spensero. Suppongo che l'acqua si sia infiltrata, benché non l'avrei mai creduto possibile, essendo entrambe ermeticamente chiuse nella nicchia.

Così l'ultima luce superstite in tutto l'universo, se n'era andata, seguita da una sommessa esclamazione di Gambril. Brancicai verso di lui, e afferrai un suo braccio. Dio, come scarnito!

– Non importa – gli dissi. – Non hai bisogno di luce. Basta che tu tenga il vento contro la nuca, quando verrà. Hai capito?

– Sì, signore.

Poi nervosamente soggiunse:

– Però preferirei avere un po' di luce.

Durante tutto quel tempo la nave era rimasta immobile come una roccia. Lo scroscio d'acqua grondante dalle vele e dal cordame, cessò di colpo. I portelli di poppa gorgogliarono e gemettero ancora un po', e il silenzio assoluto, congiunto alla perfetta immobilità, proclamò l'ancor intatto incanto della nostra impotenza, sull'orlo di qualche soluzione violenta che ci guatava nel buio.

Incapace di star fermo, m'inoltrai a proravia. Non avevo bisogno di vedere per camminare con sicurezza sulla poppa di quella disgraziata nave. Ogni piede-quadrato dei suoi ponti era indelebilmente impresso nel mio cervello, fino ai nodi e ai fili dei tavolati. Eppure, d'un tratto, inciampai in qualcosa e caddi lungo disteso sulle mani e sul viso.

Era qualcosa di grosso e di vivo. Non un cane – piuttosto una pecora. Ma non avevamo bestie a bordo. Come era mai possibile che una bestia... Fu un supplemento di orrore fantastico cui non potei resistere. I capelli mi si drizzarono in capo mentre mi rialzavo terribilmente spaventato – non come lo si può essere mentre il giudizio, la ragione, ancora cercano di resistere; ma completamente, sconfinatamente e... quasi innocentemente come un bambino.

Potevo vederla... quella cosa! Le tenebre, di cui gran parte già s'era sciolta in acqua, sembravano alquanto diradate. Era lì. E non m'accorsi ch'era Burns, trascinatosi carponi sulla tolda, se non quando fece un tentativo per raddrizzarsi, e anche allora ebbi dapprima l'impressione che fosse un orso.

Grugnì veramente come un orso, quando lo afferrai per la cintola. Aveva indossato un enorme pastrano di un tessuto villoso, il cui peso era di molto soverchio per le sue ridottissime forze. E sotto le mani quasi non sentivo il suo corpo incredibilmente assottigliato, tanto era smarrito sotto le pieghe di quello spesso involucro; però le parole che grugnì erano profonde e sostanziose:

– Maledetta nave muta, carica di pusillanimi che camminano in punta di piedi. Perché non potrebbero pestare i piedi e armarsi di frusta? Che ci vuole per alzar la voce quando si alano i canapi?

Poi, volgendosi a me direttamente:

– Inutile far piano, signore. Non possiamo svignarcela così dalle acque di quel farabutto assassino. Non è così che bisogna fare. Bisogna andargli dritto incontro, francamente... come ho fatto io. Fegato ci vuole. Fategli vedere che non avete paura dei suoi maledetti trucchi. Saltategli addosso.

– Per l'amor di Dio, Burns! Che cosa dite? Che siete venuto a fare qui sul ponte, in questo stato?

– Ci vuol del fegato. Bisogna fargli paura a quel vecchio prepotente.

Senza più ascoltarlo, lo spinsi contro la murata e rudemente gli gridai:

– Tenetevi saldo.

Non sapevo che fare di lui. Lo piantai in asso per andare da Gambril che fievolmente mi aveva comunicato la sua impressione che vi fosse del vento per aria. Infatti pure le mie orecchie avevano colto un lieve sbattito di tela bagnata, e su in alto il tintinnìo d'una scotta sciolta.

Quei rumori confusi, allarmanti, in quell'aria stagna, morta, erano intensamente perturbanti. Storie di navi disalberate dall'alto quando sul ponte non v'era vento abbastanza per spegnere un fiammifero, m'irruppero d'un tratto alla memoria.

– Non riesco a veder le vele superiori, signore – mi disse Gambril, molto turbato.

– Non muovere la ruota. Vedrai che non è nulla.

Evidentemente non era più padrone dei suoi nervi, e io, certo, non mi trovavo in condizioni migliori. L'imminente tensione stava per rompersi, e provai un vero sollievo sentendo bruscamente la nave muoversi sotto i miei piedi, quasi come avanzasse da sola. Udii distintamente il vento sibilare in alto, e lo strepito dell'attrezzatura estrema, molto tempo prima di sentir il più lieve alito sul viso volto a poppavia, ansioso e cieco.

D'un tratto un gran fracasso ci empì i timpani, le tenebre si riscossero, investendoci violentemente con un'intensa sensazione di freddo. Tutti e due, Gambril e io, rabbrividemmo sotto le vesti di leggero cotone, che, intrise, s'appiccicavano alla pelle. Gli dissi:

– Ora sei servito. Non hai altro da fare che tener il vento dritto contro la nuca. Certo ci riuscirai. Anche un bambino ci riuscirebbe in un'acqua liscia come questa.

Egli mormorò:

– Già, ma un bambino senza febbre.

E mi vergognai di aver potuto dimenticare per un istante la febbre che aveva tolto la forza a tutti fuorché a me, per rendere più amaro il mio rimorso, più tormentoso il mio senso d'inettitudine, e più greve il pondo di tutte le mie responsabilità.

La nave aveva percorso quasi di colpo un tratto assai considerevole sulle acque calme. La sentivo filare veloce, senz'altro rumore fuorché un misterioso fruscìo lungo le murate. A parte questo, nulla ne rivelava la corsa, nessun rullìo, nessun beccheggio. Sempre la stessa sconcertante immobilità che ormai durava già da diciotto giorni. Bruscamente la brezza divenne anche più frizzante. Era ormai tempo di far tornar abbasso Burns. M'impicciava. Lo consideravo pazzo, e temevo che, avventurandosi per la nave, finisse per ferirsi o cader fuori bordo.

Fui veramente lieto di ritrovarlo aggrappato dove l'avevo lasciato. Ma continuava a brontolare in un modo impressionante.

C'era da perdere la pazienza. Tuttavia gli osservai nel modo più indifferente:

– Non abbiamo mai avuto tanto vento come adesso, da quando siamo salpati.

– C'è anche del cuore in quel vento (cioè favorevole) – sentenziò da conoscitore. Era infatti un giudizio di marinaio perfettamente sensato. Ma subito soggiunse: – Era ora che tornassi in coperta. Mi son rifatto le forze appunto per questo... appunto per questo.

Comprendete, signore?

Risposi affermativamente, e procedetti a persuaderlo che sarebbe stato meglio per lui tornar giù e riposarsi. Ma scattò sdegnato:

– Andar giù? Ma neanche per sogno, signore.

Molto confortante! Non mi mancava altro. E d'un tratto si mise ad argomentare. In quel buio potevo sentire la sua folle agitazione.

– Voi non sapete prenderlo, signore. Come potreste saperlo? Parlar sottovoce e camminar in punta di piedi non serve a nulla. Non dovete credere di potervela cavare così con un bruto furbo, sveglio, come era lui. Voi non l'avete mai sentito parlare. C'era da sentirsi drizzare i capelli in capo. No! No! Non era pazzo. Non più pazzo di me. Soltanto malvagio. Tanto che faceva paura quasi a tutti. Ve lo dirò io che cosa era quello lì. Era nient'altro che un ladro e un assassino. Assassino a sangue freddo. E voi credete che abbia cambiato adesso perché è morto? No, non lui. La sua carcassa è a un centinaio di braccia sott'acqua, ma lui non s'è mica cambiato... a 8° 20' di latitudine nord.

Emise un sogghigno di sfida. Notai con stanca rassegnazione che, mentre così farneticava, la brezza era assai calata.

– Avrei dovuto buttarlo fuori bordo, quel mascalzone, a mare come un cane. Non l'ho fatto soltanto per rispetto agli uomini... Leggere la preghiera dei morti per un bruto come lui! *Il nostro fratello che se n'è andato*... Quasi quasi scoppiavo a ridere. Era quello che lui non poteva sentire. Credo di essere stato l'unico che abbia avuto il coraggio di ridergli in faccia... Fratello! Fratello lui!... Piuttosto chiamerei fratello un pescecane.

A questo punto il vento cadde così bruscamente, che la corsa della nave fece sbattere pesantemente le vele inzuppate contro gli alberi. L'inesorabile inerzia ci aveva riafferrati. Sembrava che non ci fosse più via di scampo.

– *Hello*! – esclamò Burns stupito. – Di nuovo in panna?

– Sono diciassette giorni che siamo in panna, caro Burns – gli dissi amaramente, e come a una persona sensata. – Un soffio, poi più nulla; e fra un momento la vedrete girar sui tacchi e voltar la prua verso Dio sa che diavolo.

– Il vecchio diavolo burlone! – gridò con voce stridula per subito scoppiar in una risata fragorosa, come non ne avevo mai sentito prima. Era un riso provocante, beffardo, con una nota di sfida stridula stridula, raccapricciante. Indietreggiai esterrefatto.

Seguì un tramestìo sul ponte di manovra, misto a un confuso mormorìo. Poi una voce accorata gridò nelle tenebre sottostanti:

– Chi è impazzito, ora?

Forse credevano che fosse il loro capitano. Non posso dire che si siano precipitati, però devo riconoscere che tutti gli uomini capaci di reggersi sui piedi raggiunsero la poppa in un tempo sorprendentemente breve. Gridai loro:

– È il secondo. Tenetelo fermo, due di voi...

Temetti di dover assistere a una collutazione di spettri. Ma Burns interruppe sull'istante le sue urla di scherno per rivolgersi fieramente contro l'equipaggio.

– Ah! Canaglie! Avete ritrovato le vostre lingue, vero? Vi credevo muti tutti quanti. Allora su... ridete! Ridete, vi dico! Su, tutt'insieme. Uno, due, tre... ridete!

Seguì un momento di silenzio – un silenzio così profondo che si sarebbe sentito cader uno spillo sul ponte. Infine la voce di Ransome articolò gradevolmente le seguenti parole:

– Credo che sia svenuto, signore... – L'immobile crocchio si riscosse con un sommesso mormorìo di sollievo. – Sto tenendolo sotto le braccia. Che qualcuno lo prenda per i piedi.

Sì, fu un vero sollievo. Per un po' starebbe zitto... per un po'. Non avrei potuto resistere a un altro accesso di quel riso spaventoso. Ne ero sicuro. E giusto allora Gambril, l'austero Gambril ci esibì una propria prodezza vocale. Si mise a cantare. La sua voce gemette straziante nelle tenebre:

– Venite, venite! Non ci resisto più. Fra poco tornerà a soffiare e non posso.

Corsi io stesso a rilevarlo, e strada facendo mi scontrai con un forte colpo di vento, che le orecchie di Gambril avevano presentito da lontano, e che empì le gabbie e i velacci dell'albero di maestra di un corpo di muggiti, fra cui spiccavano i gemiti sommessi del cordame. Giunsi giusto a tempo per afferrar la ruota, mentre Frenchy, che m'aveva seguito, sorreggeva Gambril. Lo trascinò in disparte semisvenuto, gli raccomandò di non muoversi, poi tornò a me per rilevarmi.

– Che direzione, signore?

– Diritto in fil di ruota, pel momento. Fra poco ti porterò un lume.

Ma procedendo a proravia incontrai Ransome che appunto portava a poppa una lampada di riserva. Nulla poteva sfuggirgli; provvedeva a tutto, dispensando conforto dovunque andava. Passando m'osservò in tono incorante che le stelle erano ricomparse. Era vero. La brezza spazzava alacremente il cielo, riscuotendo il mare dal suo letargo.

Lo sbarramento di silenzio raccapricciante, che ci aveva bloccati per tanti giorni come una maledizione, sembrava crollato. Lo sentivo. Mi lasciai cadere sul tetto della cabina. Una sottile striscia di schiuma frusciava contro la murata. La prima da secoli – da secoli. Avrei gettato grida di allegrezza, se non fossi stato trattenuto da quel senso di colpevolezza profondamente radicato in tutti i miei più segreti pensieri. Ransome stava ritto dinanzi a me.

– Come sta il secondo? – gli chiesi ansioso. – Ancora svenuto?

– Mah... è curioso, signore – mi rispose con un'aria manifestamente sconcertata. – Non ha più detto una parola; non ha più riaperto gli occhi. Ma, più che svenuto, sembra dormire d'un sonno molto sodo.

Questa notizia mi consolò. Mortalmente svenuto o profondamente addormentato, conveniva lasciarlo tranquillo. D'un tratto Ransome mi osservò:

– Credo, signore, che abbiate bisogno di un mantello.

– Lo credo anch'io.

Ma non mi mossi. Sentivo di aver bisogno soprattutto di membra nuove. Le braccia e le gambe mi sembravano totalmente inservibili, fuori uso. Non me le sentivo neanche più dolere. Ma mi alzai lo stesso per infilar il soprabito, quando Ransome me lo portò. E quando m'osservò che converrebbe «portar Gambril sull'avanti» gli dissi:

– Hai ragione. T'aiuterò a calarlo sul ponte principale.

Constatai di essere ancora in grado di far qualcosa. Sollevammo Gambril, reggendolo ciascuno per un braccio. L'infelice fece di tutto per stare in piedi, pur ripetendo in modo pietoso:

– Per carità, non mi lasciate cascar dalla scala! Vi raccomando, non mi lasciate cascar dalla scala!

La brezza si fece vieppiù fresca, e continuò a soffiar schietta schietta. All'alba, manovrando cautamente la ruota, riuscimmo a sciogliere le vele del trinchetto (il mare era sempre calmo); poi procedemmo a dar volta ai cavi. Dei quattro uomini che mi avevano assistito durante la notte, me ne restarono solo due. Non pensai nemmeno di chiedere dove fossero gli altri. Avevano ceduto. Purché non per sempre.

Le diverse faccende ci occuparono per ore ed ore, poiché i due uomini che m'aiutavano si muovevano adagio adagio, e continuamente sostavano per riprender fiato. Uno dei due m'osservò a un certo punto che «tutte le cose a bordo sembrano cento volte più pesanti d'una volta». Quella fu l'unica lagnanza che abbia udito.

E non so che cosa avremmo potuto fare senza l'aiuto di Ransome. Lavorava con noi, pure in silenzio, e con un sorrisetto cristallizzato sulle labbra. Di quando in quando gli mormoravo: «Va piano. Non far sforzi» ed egli mi rispondeva con rapide occhiate.

Quando abbiamo fatto tutto per scongiurar ogni immediato pericolo, egli scomparve nella sua cucina. Poco dopo, percorrendo la prora in un giro d'ispezione, lo vidi traverso il vano della porta spalancata. Sedeva diritto sul cofano, di contro al fornello, col capo appoggiato all'indietro, contro la parete. Gli occhi erano chiusi; le sue mani capaci tenevano aperta la camicia, denudando tragicamente il poderoso petto che si sollevava e s'abbassava in un ansito penoso, faticoso. Non mi udì.

Mi ritirai in silenzio e andai diritto a poppa per rilevare Frenchy, che già cominciava ad apparir molto malato. Mi consegnò la ruota con grande formalità, e cercò di allontanarsi con un bel passo marziale, ma sterzò forte a due riprese prima di scomparire.

Rimasi solo a poppa, pilotando la mia nave che correva col vento in fil di ruota, dando di quando in quando un elastico sob-balzo, e perfino rullando lievemente. Poco dopo Ransome mi comparve dinanzi con un vassoio. Alla vista del cibo divenni d'un subito affamato. Egli prese la ruota, e io, seduto sul quartiere del boccaporto poppiero, divorai la mia colazione.

– Pare che questa brezza abbia finito il nostro equipaggio, signore. Li ha stesi a terra... tutti.

– Già, credo che noi due siamo i soli capaci ancora di far qualcosa a bordo.

– Frenchy dice che può far ancora qualche salto. Non saprei. Forse un saltino, – proseguì Ransome col suo sorrisetto malizioso. – Un buon ometto. Ma che potremmo fare, signore, se vicino alla costa il vento saltasse dall'altra banda?

– Mah, un salto di vento un po' forte vicino alla costa potrebbe fracassarci contro le scogliere o disalberarci, o l'uno e l'altro. Certo sì è che non potremmo far nulla per salvarla. Ora fila bene. Non possiamo far altro che pilotarla. È una nave senza equipaggio.

– Già, tutti a terra – ripetè Ransome calmo calmo. – Do un'occhiata nel castello ogni volta che passo, ma naturalmente non posso fare molto per loro.

– Io, la nave e tutti a bordo, ci siamo molto indebitati verso di te, Ransome.

Egli finse di non aver udito, e continuò a pilotar in silenzio finché lo rilevai. Mi cedette la ruota, raccolse il vassoio e, sul punto di allontanarsi, m'informò che Burns si era svegliato e sembrava voler tornare in coperta.

– Non so che fare per impedirlo, signore. Capirete, non posso star sempre giù.

Infatti non era possibile, e infatti Burns tornò in coperta, e s'arrancò penosamente a poppavia, nel suo enorme pastrano. Lo guardai avanzare con vero terrore. Vedermelo accanto e sentirlo farneticare, imprecando contro un morto, mentre dovevo pilotare una nave filante veloce con un carico di moribondi, era davvero una prospettiva poco confortante.

Invece le sue prime osservazioni furono assai assennate sia di significato, sia di tono. Sembrava non aver più alcun ricordo della scenata dell'altra notte. Comunque, anche se ne avesse avuto, non lo lasciò trapelare. Parlò poco. Seduto sul tetto della cabina, parve dapprima estremamente malato, ma poi, quella fresca brezza che aveva sopraffatto i superstiti dell'equipaggio, parve infondergli nuovo vigore con ogni folata. Era un processo quasi visibile.

Volendo scandagliare la sua apparente guarigione, parlai di proposito del defunto capitano, e con piacere constatai ch'egli non dava all'argomento alcun interesse eccessivo o comunque anormale. Ripeté la vecchia storia delle nequizie di quel vecchio violento, con un certo gusto vendicativo, e infine fui non poco sorpreso nel sentirlo concludere:

– Credo, signore, che il suo cervello abbia cominciato a dargli di volta almeno un anno prima che morisse.

Una guarigione miracolosa. E, costretto a concentrar ogni mia attenzione sul governo della ruota, mi spiacque assai di non poterle tributar tutta l'ammirazione che meritava.

In confronto alla terribile inerzia dei giorni scorsi, questa era una velocità addirittura vertiginosa. Due frange di schiuma scrosciavano a prua; il vento cantava una canzone gagliarda che, in altre circostanze, avrebbe espresse per me tutte le gioie della vita. Ogni volta che l'imbrogliata vela di maestra sbatteva contro l'albero, minacciando di sbrandellarsi nei suoi imbrogli, Burns mi gettava uno sguardo apprensivo.

– Che ci volete fare, Burns? Non possiamo né serrarla del tutto né ammainarla. Se almeno il pennone schiantasse! Quella musica mi dà maledettamente sui nervi.

Burns si torse le mani convulsamente, e d'un tratto mi gridò:

– Ma signore, come volete condurla in porto senza un uomo per governarla?

E non seppi che rispondergli.

Eppure vi riuscii, circa quarant'ore dopo. Grazie alle virtù esorcizzanti dell'orrenda risata di Burns, lo spirito maligno era stato fugato, l'incanto rotto, la maledizione dissipata. Eravamo ora in mano di una gentile ed energica Provvidenza, che ci faceva filare a gonfie vele...

Non dimenticherò mai l'ultima notte, buia, ventosa e costellata. Io ero alla ruota. Burns, dopo aver ottenuto da me la solenne promessa di dargli un calcio qualora qualcosa fosse successo, s'addormentò profondamente sul ponte, quasi accosto alla timoniera. I convalescenti hanno bisogno di sonno. Ransome, con la schiena appoggiata contro l'albero di mezzana, e una coperta sulle ginocchia, restava perfettamente immobile; ma non credo che abbia chiuso gli occhi per un sol momento. Frenchy, sempre agghindato e sempre con l'illusione di poter far ancora qualche salto, s'era sdraiato, per ossequio alla disciplina, sull'estremità anteriore del cassero, dalla banda della bozzelliera.

Pilotavo, troppo stanco per qualsiasi ansietà, per qualsiasi pensiero connesso. Avevo momenti di gioia istintiva, ma subito il mio cuore riaffondava inorridito al pensiero di quel castel di prua laggiù, all'altra estremità del nero ponte, pieno di febbricitanti – tra cui alcuni moribondi. Per mia colpa. Ma non importa. Per pentirmene c'era tempo dopo. Ora dovevo pilotare.

Nelle ore piccole la brezza calò, poi cadde del tutto. Verso le cinque riprese a soffiare abbastanza per poter puntar la prua sulla rada. L'alba trovò Burns seduto presso la bocca di ormeggio del coronamento di poppa, con a portata di mano un gran mucchio di gomene, e intento a pilotar la nave dalle profondità del suo pastrano, con mani ossute straordinariamente bianche; mentre Ransome e io correvamo lungo i ponti per filar tutte le scotte di trevi e di stragli. A manovra ultimata, ci precipitammo sul castello di prua. Tale era la nostra fatica e tensione nervosa che, nel disporre le àncore per dar fondo, il sudore ci grondava dal capo come acqua. Non osavo guardar Ransome mentre così lavoravamo fianco a fianco. Ci scambiavamo solo poche parole brevi. Lo sentivo ansimar forte, e temevo che da un momento all'altro potesse cader fulminato, nell'atto di dar sfogo a tutta la sua forza repressa – perché? Certo solo per un fine prettamente ideale.

In lui l'esperto marinaio s'era d'un subito ridestato. Non aveva bisogno di essere diretto. Sapeva ciò che doveva fare. E ogni suo sforzo, ogni suo movimento, era un atto di vero eroismo. Non io potevo dominare un uomo così animato.

Infine tutto fu pronto, e allora l'udii dire:

– Ora scendo abbasso per aprire i compressori.

– Sì. Va.

E anche allora evitai di guardarlo. Dopo un po', l'udii gridare dal ponte principale. – Quando volete, signore. Tutto pronto per gli argani.

Feci segno a Burns di mettere sotto la barra, poi diedi fondo a entrambe le àncore, una dopo l'altra, lasciando prendere alla nave quanta gomena volesse. Le vele sciolte penzolarono, cessando l'infernale baccano dei pennoni. Un silenzio perfetto regnò sulla nave. E restando a prua, alquanto stordito in quell'improvvisa pace colsi alcuni gemiti e brontolii incoerenti dei febbricitanti del castello.

Avendo richiesto l'assistenza sanitaria coll'apposita bandiera sull'albero di mezzana, sta di fatto che, prima ancora che la nave si fosse fermata del tutto, tre lance a vapore appartenenti a diversi incrociatori, già si erano accostate alle nostre murate; e poco dopo cinque dottori di marina comparvero a bordo. Rimasero raggruppati in silenzio, guardando su e giù per il deserto ponte principale, poi in alto, l'alberatura, dove pure nessun uomo era visibile.

Andai loro incontro – persona alquanto solitaria, in un pigiama da letto a strisce azzurre e grige, e con sul capo un elmo coloniale. Parvero estremamente disgustati. Avevano previsto un urgente bisogno di intervento chirurgico, Ciascuno si era munito di una cassetta di arnesi aguzzi e taglienti. Però presto si consolarono. Dopo meno di cinque minuti una delle lance a vapore filava a riva per ordinare una barca capace con infermieri per il trasporto dell'equipaggio. Poi la grande lancia tornò alla sua nave, e vi prelevò alcune giacche azzurre (marinai della Marina di Guerra) per far serrar le mie vele.

Uno dei dottori era rimasto a bordo. Uscì dal castello di prua con un'aria impenetrabile, e notò il mio sguardo interrogativo.

– Volete sapere se nessuno è morto là dentro, vero? – mi disse deliberatamente.

Poi soggiunse sbalordito: – Tutto l'equipaggio!

– Molto gravi?

– Molto gravi.

Il suo sguardo s'aggirava su tutta la nave.

– Cielo! Che cos'è questo?

– Questo – gli risposi, guardando a poppavia – è il signor Burns, mio secondo.

Burns, con la sua testa di moribondo ciondolante sul collo sottilissimo, presentava un aspetto che pienamente giustificava lo stupore del medico. Questi mi chiese:

– È da ricoverare anche lui?

– Oh no, – gli risposi ridendo. – Il signor Burns andrà all'ospedale quando ci andrà l'albero di maestra. Sono molto fiero di lui. È il mio unico convalescente.

– Avete una cera... – cominciò il dottore guardandomi fisso. Ma io l'interruppi offeso:

– Non sono malato.

– No... Avete una faccia strana.

– Mah, sapete, sono stato sul ponte per diciassette giorni.

– Diciassette giorni!... Ma avrete dormito lo stesso.

– Già, avrò dormito. Ma non me ne ricordo. Però son certo di non aver dormito nelle ultime quarant'ore.

– Fiuuu!... Spero che sbarcherete senz'altro.

– Appena potrò. Ho un mucchio d'affari da sbrigare a terra.

Il dottore abbandonò il polso che m'aveva tastato mentre parlavo, trasse di tasca un taccuino, scrisse qualcosa rapidamente, staccò il foglietto e me lo porse.

– Vi raccomando vivamente di farvi preparare questa medicina dalla prima farmacia che incontrerete. Salvo errore, ne avrete gran bisogno stasera.

– Che roba è? – gli chiesi diffidente.

– Un sonnifero – mi rispose secco secco.

S'avanzò verso Burns con un'aria molto interessata, e si mise a conversare con lui.

Andando a vestirmi per scendere a terra, mi vidi seguito da Ransome. Mi pregò di scusarlo, e poi di pagarlo, desiderando egli pure scendere a terra.

Lo guardai sorpreso. Aspettava la mia risposta con un'aria di ansietà.

– Non vorrai mica andartene per sempre!

– Sì, signore. Voglio star tranquillo in un qualche cantuccio. Non importa dove. Anche all'ospedale.

– Ma Ransome, non posso ammettere che tu te ne vada.

– Eppure devo. Ne ho il diritto.

Sospirò, e un'espressione di quasi brutale determinatezza gli balenò sul viso. Parve un altro. Allora, sotto l'apparenza aitante di quell'uomo, scorsi la triste realtà. La vita era un dono prezioso anche per lui – la sua ardua vita precaria – ed egli era seriamente allarmato per la sua salute.

– Se proprio lo vuoi, ti pagherò – m'affrettai a dirgli. – Soltanto devi farmi il piacere di fermarti a bordo fino al pomeriggio. Non posso lasciar Burns solo per delle ore.

Si racchetò all'istante e m'assicurò, con un sorriso e con la sua solita voce gradevole, che comprendeva benissimo tale necessità.

Quando tornai sul ponte, tutto già vi era pronto pel trasporto degli uomini. Era l'ultima fase dell'episodio che aveva maturato e temprato il mio carattere – benché allora non lo sapessi.

Era terribile. Mi passavano davanti, uno dopo l'altro, e ciascuno mi pareva l'incarnazione del più amaro rimprovero, finché sentii una sorta di rivolta insorgere dentro di me. Il povero Frenchy era stato improvvisamente ripreso dalla febbre. Passò incosciente, col buffo viso orrendamente paonazzo, tanto che pareva gonfio, e ansimava affannosamente. Somigliava più che mai alla maschera di Punch, un disgraziato Punch intossicato.

L'austero Gambril, invece, s'era momentaneamente rimesso. Non volle essere trasportato in barella, e s'incamminò a piedi verso la murata, naturalmente sorretto da ambo i lati. Ma al momento di calarsi fuori bordo, fu preso da terror panico, e si mise a strillare pietosamente:

– Signore, mi buttano a mare! Signore, mi buttano a mare!

E io potei solo gridargli nel modo più rassicurante:

– Ma no, Gambril. Non ti ci buttano! Non ti ci buttano!

Era senza dubbio un incidente molto ridicolo. Le giacche azzurre, sul nostro ponte, sorridevano; e perfino Ransome (che validamente cooperava allo sgombro del castello) allargò per un fugace istante il suo sorrisetto malizioso.

Mi feci sbarcare da una lancia a vapore, e voltatomi indietro durante il percorso, vidi – cosa incredibile – Burns ritto in piedi sul coronamento di poppa, sempre nel suo enorme pastrano villoso. L'intensa luce solare faceva spiccare singolarmente la sua estrema magrezza. Sembrava un elaborato, orribile spauracchio, piantato sulla poppa di una nave saccheggiata dalla morte, per tener lontani dai cadaveri i rapaci dell'aria.

La nostra storia già era nota in città, e tutti mi colmarono di premure. La Capitaneria mi esonerò dalle tasse portuali, e siccome la «Casa» ospitava appunto un equipaggio di nave naufragata, non mi fu difficile trovare quanti uomini volessi. Ma quando chiesi di poter conferire col capitano Ellis, m'informarono, in un tono di palese commiserazione per la mia ignoranza, che il nostro Vicenettuno era rimpatriato in pensione tre settimane dopo la mia partenza. Sicché suppongo che, a parte la «routine» giornaliera, la mia promozione sia stato l'ultimo atto della sua vita ufficiale.

Appena sbarcato, fui stranamente sorpreso dal passo marziale, dagli occhi vivaci, dall'esuberante vitalità di tutti coloro che incontravo. Ne risentivo una impressione enorme. E tra questi, naturalmente, incontrai anche il capitano Giles. Sarebbe stato davvero straordinario se non l'avessi ritrovato. Un passeggino un po' prolungato nel quartiere commerciale della città costituiva l'impiego regolare delle sue mattinate, quando si trovava a terra.

Scorsi da lontano il luccicchìo della sua catena d'oro. Irradiava benevolenza.

– Che cosa è questa storia? – mi fece dopo la stretta di mano, con un sorriso da «buon zio». – Ventun giorni di mare da Bankok?

– E non sapete altro? – gli risposi. – Allora dovete venire a colazione con me. Voglio sapere perché m'avete cacciato in quella faccenda.

Esitò per quasi un minuto. Infine si decise accondiscendendo.

– Bene... accetto.

Lo condussi all'albergo, dove mi sorpresi a mangiar con molto appetito. Poi, sulla mensa sparecchiata, gli sciorinai, negli aspetti emotivi e professionali, tutti i fatti occorsimi da quando avevo assunto il comando, mentre egli fumava pazientemente un grosso sigaro che gli avevo offerto.

Infine mi osservò saggiamente:

– Sarete piuttosto stanco a quest'ora.

– No, non stanco. Sapete come veramente mi sento, capitano Giles? Vecchio. Per forza. Qui a terra mi sembrate tutti quanti, voi compreso, dei giovincelli che non hanno mai avuto una seria preoccupazione in vita loro.

Non sorrise. Ebbe un'aria insopportabilmente esemplare. Infine dichiarò:

– Passerà. Ma sembrate davvero: più vecchio... È un fatto.

– Ah!

– No, no! In questa vita non bisogna dar troppo peso a nulla, sia bello, sia brutto.

– Vita a piccola velocità, allora, Ma tutti non ci riescono.

– Eppure anche voi, fra poco, non domanderete di meglio – mi rispose con un'aria di cosciente saggezza. – E voglio dirvi un'altra cosa: un uomo deve tener testa non solo alla sua cattiva sorte, ma anche ai suoi errori, alla sua coscienza eccetera. Diversamente che cosa vi resterebbe da vincere?

Rimasi zitto. Non so che cosa abbia scorto sul mio viso; fatto sta che bruscamente mi chiese:

– Non siete pusillanime, vero?

– Questo solo Dio lo sa, capitano Giles – Gli risposi molto sinceramente.

– Bene, bene – disse calmo. – Un giorno imparerete anche a essere pusillanime. Un uomo deve imparare tutto... È appunto questo che molti giovincelli non riescono a capire.

– Io non lo sono più.

– Vero. Salperete presto?

– Torno a bordo subito. Staccherò un'àncora e alerò sul mezzo cavo dell'altra appena il nuovo equipaggio sarà arrivato; sicché conto di prendere il largo all'alba.

– Davvero? – mormorò il capitano Giles, approvando. – Bravo, è così che bisogna fare. Riuscirete.

– Perché? Credevate forse che volessi prendere una settimana di riposo a terra? – gli chiesi alquanto irritato dal suo tono. – Non troverò pace prima d'aver portato la nave in pieno Oceano Indiano, e forse nemmeno allora.

Aspirò il sigaro rabbiosamente: sembrava un altro.

– Già, già, sempre così – mormorò poi, assorto. Fu come se un immenso sipario si fosse improvvisamente alzato, scoprendo un capitano Giles imprevedibile. Ma durò solo un attimo; giusto abbastanza per lasciargli soggiungere: – Mai un minuto di respiro per nessuno, in questa vita. Meglio non pensarci.

Ci alzammo, uscimmo dall'albergo e ci separammo nella strada con una calda stretta di mano – giusto quando cominciava a interessarmi per la prima volta.

Tornato a bordo, trovai Ransome sul ponte principale, seduto sopra i suoi bagagli accuratamente affardellati.

Lo invitai a seguirmi in saletta, dove gli scrissi una lettera di raccomandazione, indirizzata a una persona di mia conoscenza, in città.

Quando l'ebbi terminata, gliela porsi attraverso il tavolo.

– Potrebbe tornarti utile, una volta uscito dall'ospedale.

Egli la prese e se la mise in tasca. Non mi guardava – non guardava nulla. I tratti del suo viso erano tesi, ansiosi.

– Come ti senti, adesso?

– Non male in questo momento, signore. Ma ho paura per dopo... – il sorrisetto malizioso gli tornò sulle labbra per un attimo. – Ho... ho una maledetta paura per il mio cuore, signore.

Mi avvicinai a lui con la mano tesa. I suoi occhi, senza guardarmi, avevano un'espressione dura. Era come uno che ascoltasse una voce ammonitrice.

– Non mi vuoi stringere la mano, Ransome? – gli chiesi gentilmente.

Trasalì, divenne paonazzo, e mi strinse la mano convulsamente. – L'istante appresso, solo nella saletta, l'ascoltavo salire su per la scala, gradino per gradino, cautamente, per non provocare l'ira del nostro comune nemico, ch'era suo Destino portare consciamente dentro il petto fedele.